*LES GRANDS ÉVÉNEMENTS LITTÉRAIRES*

ERNEST RAYNAUD

# JEAN MORÉAS ET LES STANCES

Société Française d'Éditions Littéraires et Techniques
12, RUE HAUTEFEUILLE, PARIS VI^e
*EDGAR MALFÈRE, DIRECTEUR*

# BIBLIOTHÈQUE DU HÉRISSON

*ROMANS* (format 12×19)

LAURENCE ALGAN....... *CLARISSE AUBERT.*
BALKIS.................... *PERSONNE. — EN MARGE DE LA BIBLE.*
PIERRE BILLOTEY........ *LE PHARMACIEN SPIRITE. — RAZ BOBOUL.*
MAGALI-BOISNARD....... *MAADITH. — L'ENFANT TACITURNE.*
EMMANUEL BOURCIER... *LA BELEBA. — L'HOMME DE L'OMBRE.*
SUZANNE DE CALLIAS... *JERRY.*
NONCE CASANOVA....... *MESSALINE. — LA LIBERTINE. — PHRYNÉ.*
CLAUDE CHAUVIÈRE...... *LA ROUTE ET LA MAISON.*
S. DEJUST................. *CHAUFFAGE CENTRAL.*
JOEL DUMAS............. *LA TENTATION BOURGEOISE.*
RENÉE DUNAN............ *BAAL OU LA MAGICIENNE PASSIONNÉE*
RAYMOND ESCHOLIER... *LE SEL DE LA TERRE.*
JEAN FAVERY............. *THÉODORE, ROI DES ILES.*
YVES LE FEBVRE......... *LA FRANQUE AUX CHEVEUX D'OR*
LUCIEN FORGES ......... *LA PANIQUE SENTIMENTALE.*
G.-T FRANCONI.......... *UNTEL, DE L'ARMÉE FRANÇAISE.*
MARTIN GILLES.......... *LE VOYAGE BACHIQUE.*
GEORGES GRANDJEAN.... *L'EPOPÉE JAUNE.*
MAURICE D'HARTOY..... *L'HOMME BLEU* (Prix Corrard).
RENÉ-MARIE HERMANT.. *KNIAZZII. — EN DÉTRESSE — FAKIR.*
*LA FEMME AUX HOMMES. — LE GERFAUT.*
JONCQUEL ET VARLET.. *LES TITANS DU CIEL.*
*L'AGONIE DE LA TERRE.*
ODETTE KEUN.......... *LE PRINCE TARIEL.*
*LA CAPITULATION.*
GÉNÉRAL KRASSNOFF.... *L'AMAZONE DU DÉSERT.*
YVON LAPAQUELLERE... *L'ANGOISSE ET LA VOLUPTÉ.*
GEORGES MAUREVERT... *L'AFFAIRE DU GRAND PLAGIAT.*
MARTIN DE BRIEY....... *LA MARIA FOSCA.*
MARCEL MILLET......... *LA LANTERNE CHINOISE.*
ABEL MOREAU........... *LE FOU* (Prix Zola).
BERNARD NABONNE...... *LA BUTTE AUX CAILLES.*
ALICE ORIENT............ *LA TUNIQUE VERTE.*
CHARLES PERRAULT..... *CONTES.*
GASTON PICARD.......... *LES SURPRISES DES SENS.*
JOSEPH-EMILE POIRIER... *ONAGAN, HOMME ROUGE.*
L'ABBÉ PRÉVOST.......... *MANON LESCAUT.*
RENÉ RANSSON........... *LE DUEL SUR LA PLAGE.*
ROCHAT-CENISE.......... *JACQUES BALMAT DU MONT BLANC.*
THIERRY SANDRE........ *LE PURGATOIRE* (Prix Goncourt). — *MIENNE.*
*MOUSSELINE. — ROBERT-LE-DIABLE.*
A. AUGUSTIN-THIERRY... *UN MÉNAGE D'AVENTURIERS.*
PAUL-JEAN TOULET...... *BEHANZIGUE.*
THÉO VARLET............ *LE DÉMON DANS L'AME.*
*LE DERNIER SATYRE.*
VARLET ET BLANDIN.... *LA BELLE VALENCE.*
PAUL VIMEREU........... *LES AMANTS DU REMPART.*
*CHUTT LE HUTTEUX.*
*LE PÊCHÉ INCONNU.*
WILLY ET MENALKAS... *L'ERSATZ D'AMOUR. — LE NAUFRAGÉ.*

| | | | |
|---|---|---|---|
| Exemplaires ordinaires sur Alfa..... | 12 fr. | Exemplaires sur Hollande.... | 45 fr. |
| — Arches ou pur fil....... | 30 fr. | — Madagascar.. | 60 fr. |
| — Japon................ | 75 fr. | — Chine...... | 75 fr. |

# LES GRANDS ÉVÉNEMENTS LITTÉRAIRES

*La vie littéraire et anecdotique des chefs-d'œuvre français.*
Collection nouvelle d'histoire littéraire publiée sous la direction de
MM. ANTOINE ALBALAT, HENRI D'ALMÉRAS
ANDRÉ BELLESSORT, JOSEPH LE GRAS

## *PREMIÈRE SÉRIE*

Henri D'ALMÉRAS.......... *Le Tartuffe* de Molière.
Ed. BENOIT-LÉVY.......... *Les Misérables* de Victor Hugo.
Jules BERTAUT............. *Le Père Goriot* de Balzac.
René DUMESNIL............ *La Publication de Madame Bovary.*
Félix GAIFFE................ *Le Mariage de Figaro.*
Louis GUIMBAUD .......... *Les Orientales* de Victor Hugo.
Joseph LE GRAS............ *Diderot et l'Encyclopédie.*
Henry LYONNET,........... *Le Cid*, de Corneille.
Comtesse J. DE PANGE....... *De l'Allemagne*, de Mme de Staël.
Alphonse SÉCHÉ............ *La Vie des Fleurs du Mal.*
Louis THUASNE............. *Le Roman de la Rose.*
Paul VULLIAUD............. *Les Paroles d'un Croyant.*

## *DEUXIÈME SÉRIE*

Antoine ALBALAT........... *L'Art Poétique*, de Boileau
Henri d'ALMÉRAS........... *Les Trois Mousquetaires.*
Ernest RAYNAUD ........... *Les Stances de Jean Moréas.*
Albert AUTIN............... *L'Institution chrétienne*, de Calvin.
Georges BEAUME............ *Les Lettres de mon Moulin.*
René BRAY.................. *Les Fables*, de La Fontaine.
Raymond CLAUZEL......... *Sagesse*, de Verlaine.
Yves LE FEBVRE............ *Le Génie du Christianisme.*
Ph. VAN TIEGHEM.......... *La Nouvelle Héloïse.*
Maurice MAGENDIE......... *L'Astrée.*
Georges MONGRÉDIEN....... *Athalie.*
A. AUGUSTIN-THIERRY....... *Récits des Temps Mérovingiens.*

Chaque volume........................ 9 fr.

Abonnement à la série de douze volumes.......... 100 fr.

*(L'abonnement donne droit à l'édition originale)*

A LUCIEN HUBERT
*Affectueux hommage.*
E. R.

# JEAN MORÉAS
ET LES
# STANCES

## ŒUVRES D'ERNEST RAYNAUD

### *POÉSIES*

LE SIGNE (*La Plume*, 1887-1897).
LES CORNES DU FAUNE (*Id.*, 1891).
LE BOCAGE (*Id.*, 1895).
LA TOUR D'IVOIRE (*Id.*, 1899).
LA COURONNE DES JOURS (*Mercure de France*, 1905).
APOTHÉOSE DE MORÉAS (*Id.*, 1910).
L'ASSOMPTION DE PAUL VERLAINE (*Id.*, 1912).
LES DEUX ALLEMAGNE (*Id.*, 1914).
A L'OMBRE DE MES DIEUX (Garnier, 1924).
LES BUCOLIQUES de Virgile, interprétées en vers français (*Id.*, 1920).
LES ÉGLOGUES de Calpurnius, interprétées en vers français (*Id.*, 1926).

### *PROSE*

LA MÊLÉE SYMBOLISTE, 3 volumes (Renaissance du livre, 1918-1922).
LE CINQUANTENAIRE DE BAUDELAIRE (Maison du livre, 1917).
CHARLES BAUDELAIRE, étude biographique et critique (Garnier, 1922).
SOUVENIRS DE POLICE, 3 volumes (Payot, 1923-1926).
Éditions critiques des FLEURS DU MAL et des POÈMES EN PROSE de Baudelaire (Garnier, édit.).

*LES GRANDS ÉVÉNEMENTS LITTÉRAIRES*

ERNEST RAYNAUD

# JEAN MORÉAS
## ET LES
# STANCES

AVEC UN INDEX DE TOUS LES NOMS CITÉS

SOCIÉTÉ FRANÇAISE D'ÉDITIONS LITTÉRAIRES ET TECHNIQUES
DIRECTION : EDGAR MALFÈRE
12, RUE HAUTEFEUILLE, PARIS (VI^e^)
MCMXXIX

IL A ÉTÉ TIRÉ DE CET OUVRAGE :

100 exemplaires sur pur fil numérotés de 1 à 100.

# AVANT-PROPOS

*Les* Stances *de Moréas*[1] *constituent l'un des chefs-d'œuvre du lyrisme contemporain.*

*Mon but, dans ce livre, est d'en écrire l'histoire et d'en dégager la leçon, mais il me semble que la meilleure manière d'y parvenir est d'étudier d'abord la vie de leur auteur.*

*Évidemment, comme je l'ai déjà dit, à propos de Baudelaire*[2], *une œuvre d'art, même anonyme, s'impose d'elle-même. Néanmoins, il n'est pas défendu de rechercher les circonstances qui ont présidé à sa naissance. Si les détails biographiques n'ajoutent rien à sa valeur, ils en rendent la compréhension plus aisée. On risque, parfois, de se méprendre lorsqu'on examine un ouvrage à distance, en dehors du temps et du milieu où il fut composé. C'est en le restituant à son époque qu'on en prend la juste mesure. Il réapparaît alors dans toute la fleur de sa nouveauté. On en distingue mieux l'apport exact. Sous l'action du temps, bien des hardiesses s'atténuent. Les idées les plus originales deviennent vite monnaie courante, après avoir*

1. Les Stances figurent dans les œuvres complètes de Moréas, inscrites au catalogue de la librairie du « Mercure de France ».
2. Baudelaire, *Étude critique* (Garnier, édit.).

été reprises et rabâchées par d'autres. Nous ne comprenons plus les méfiances des contemporains de Baudelaire à l'égard des Fleurs du Mal pas plus que nous ne comprenons les méfiances des contemporains de Moréas à l'égard des Stances. Si ces deux livres ont, dès leur apparition, enthousiasmé une petite élite, il ne faut pas oublier qu'ils furent négligés ou condamnés — et c'est leur seul point de ressemblance — par la critique officielle. La Revue des Deux-Mondes, qui, pourtant, avait accueilli Baudelaire, s'est toujours refusée à insérer des poèmes des Stances. L'Académie les a tenus pour indignes d'elle. Elle n'a jamais consenti à les couronner ni même à accorder à leur auteur le prix Archon-Despérouses, que ses amis sollicitaient pour lui. Ce ne sont pourtant pas les idées exprimées dans les Stances qui pouvaient l'indisposer. Ni la morale ni la pudeur n'y sont offensées. Bien au contraire. Mais la raison en est que ce livre des Stances rompait en visière avec les formules alors admises et les conventions de la mode. Il marquait une évolution du lyrisme français. En quoi consistait cette évolution et comment Moréas y fut-il amené ? C'est ce que sa biographie va nous permettre de préciser.

# I

# JEAN MORÉAS

# JEAN MORÉAS : *L'HOMME*

## I

## SA VIE INTIME

Au cours de l'année 1882, on vit paraître dans les endroits de Montmartre et de Montparnasse, où l'avant-garde littéraire tenait ses assises, un jeune poète fringant et lustré dont la distinction altière tranchait nettement sur le sans-façon bohème environnant.

C'était Jean Moréas. L'homme impressionnait avec son profil busqué de corsaire byronien, sa chevelure ondulée d'un noir bleu de corbeau, ses moustaches conquérantes,

*Et sa lèvre pareille au bétail égorgé.*

Une fleur à la boutonnière, le monocle vissé à l'œil, il subjuguait l'auditoire par sa vigueur à scander, ou pour mieux dire, à marteler ses vers.

Un bruit de légendes le suivait. On savait qu'il était né à Athènes d'une famille de héros, dont l'histoire de l'indépendance grecque avait enregistré les exploits contre les Turcs, et l'on se chuchotait qu'il avait mené, à travers le monde, une vie de bretteur et de don Juan, une vie si pleine d'aventures, qu'on était tenté de lui appliquer, à lui-même, ce qu'il disait de son *Ruffian* :

> *Ayant en duel occis le comte de Montagne,*
> *Quatre neveux du pape et vingt condottieri,*
> *Calme et la tête haute, il marche par les villes,*
> *Traînant à ses talons des amantes serviles*
> *Dont l'âme s'est blessée à son regard fleuri.*

et que les ironistes plébéiens de la Butte en avaient pris texte pour le surnommer : *Matamoréas.*

Il était vrai que le poète, né à Athènes le 15 avril 1856, comptait, dans sa double ascendance paternelle et maternelle, des héros qui s'étaient illustrés par les armes, notamment, comme dit Fénéon « le navarque Tombazis, qui terrorisa l'Armada du Sultan et ce Papadiamantopoulos (nom de famille de Moréas), Gotzabasse de la Morée, qui traversa la flotte turque et vint mourir dans Missolonghi assiégée » mais son père exerçait, à Athènes, les fonctions de Procureur général à la cour de Cassation, où il s'était fait réputation de jurisconsulte éminent.

Il était vrai encore que Moréas avait connu une jeunesse fort dissipée. Il n'avait pas quitté les bancs de l'école, qu'il avait mordu au fruit défendu que lui offrait une jeune Grecque « plus belle que la Tyndaride ».

Sitôt ses humanités terminées au lycée d'Athènes, son père, qui le destinait à la magistrature, l'avait envoyé étudier le droit en Allemagne. Ainsi le voulait l'usage en Grèce, par une sorte de flatterie à l'adresse du monarque, d'origine bavaroise.

Moréas s'y était rendu par le chemin des écoliers, s'arrêtant en Italie, à Bologne et à Florence, où le rappelait le souvenir des petites bouquetières qu'il y avait connues, lors d'un précédent voyage, à l'âge de seize ans. Elles lui étaient apparues, pour la première fois, à Bologne, une nuit qu'il sortait du théâtre, comme dans un conte de fées.

Elles formaient cercle autour de lui, tendant leurs bras chargés de fleurs, dont il fit quelque emplette, puis coururent à d'autres pratiques, laissant l'adolescent avec une charge de jacinthes dont l'odeur pénétrante le troublait jusqu'à l'âme.

Ainsi l'apparition de ces filles-fleurs avait ajouté à l'attrait d'une ville pleine, pour lui, de mystère et d'imprévu.

C'étaient elles plutôt que les monuments de l'antiquité qu'il brûlait de revoir car il se souciait plus de la beauté vivante et animée que de la beauté figée des œuvres d'art.

A Florence, comme à Bologne, Moréas s'était remis à hanter, préférablement aux musées, les endroits où le monde élégant se donnait rendez-vous :

*A Fiesole, aux Cascines,*
VIALE DEI COLLI,
*Les marquises exquises,*
*Œil noir et teint pâli,*

*Adressent des sourires*
*Et des signes savants*

*Du fond de leur calèche*
*Aux cavaliers servants.*

Moréas avait, alors, vingt ans. Il était fort pressé de vivre, la tête échauffée d'idées romanesques. Il avait lu Boccace et notre Brantôme. Il ne rêvait qu'exploits galants, rapts, surprises et prouesses de Capitan. La patrie des Borgia lui évoquait des scènes de meurtre et d'orgie. Les grands coups d'espadon n'étaient pas pour lui déplaire. Il s'écriait, un jour, en voyant passer, dans sa calèche, une noble dame « belle et hardie, comme une héroïne de Giovanni Boccacio » :

— *Savez-vous que si l'on me trouve, cette nuit, à sa porte, percé de coups, je ne l'aurai pas volé !*

C'était avouer qu'il était prêt à se jeter à corps perdu dans les aventures. Et de fait, il ne négligeait rien des joies matérielles. Il se sentait au cœur « cent taureaux mugissants ». Et ce n'est pas à Munich, cité molle et sensuelle, où il séjourna un moment, ni à Heidelberg, métropole de la jeunesse, où l'appelaient ses études, qu'il pouvait recevoir des leçons de tempérance et d'austérité. Il y prit part aux larges beuveries d'étudiants, dont il avait adopté le chant de ralliement :

*Gaudeamus igitur*
*Donec juvenes sumus !*

Il nous confie, lui-même, qu'il lui arriva souvent de rentrer fort tard, un peu titubant, dans sa maison d'Heidelberg, sise au pied de la colline. C'était en plein hiver. La neige lui murmurait : « Attention, mon jeune ami ! » lorsqu'il longeait les rives du Neckar.

Là, encore, il se mérita, outre le renom d'intrépide buveur, celui d'intrépide don Juan. Il y connut plus d'une Marguerite, soupirant à sa fenêtre, enguirlandée de chèvrefeuille.

Il était beau cavalier. Il avait le secret de plaire aux dames

— *Leur admiration*, dit-il, avec une fatuité charmante, *hésitait entre la couleur de ma chevelure et la petitesse de mon pied.*

Et il savait tourner le madrigal, ce qui achevait de lui concilier les cœurs.

A Paris, où il s'installa, en plein Montmartre, au début de janvier 1879, Moréas retrouva des petites bouquetières, sœurs de celles de Bologne, et des belles dames, vêtues de soie et de velours, semblables au patriciennes de Florence. Il y retrouva les mêmes complaisances. Il mordit avec le même entrain « à la banalité suave de la vie ».

Il portait encore toute la barbe, à la façon d'Alfred de Musset, et se coiffait d'un grand chapeau de feutre mou, à larges bords, rapporté de Calabre, et qui accentuait son allure exotique, mais il modifia bientôt sa physionomie. Il ne garda que les moustaches et ne sortait plus qu'en chapeau haut-de-forme, en macfarlane fashionable et ganté de blanc. Il nous dit qu'il passait son temps à courir à des rendez-vous galants, et ce n'est pas sans attendrissement qu'il fait allusion, dans ses vers, à ses « folles amours de Paris ».

Moréas a donc payé largement, dans sa verte saison, son tribut à la volupté, encore que son cri poussé devant la belle dame de Florence soit toujours demeuré sans écho. Il n'y eut, à ce qu'il semble, aucun dramatique vécu dans ses aventures, ni rapts, ni coups d'épée [1], ni poison, ni poignards. Et je demeure persuadé que l'imagination a toujours parlé, chez lui, plus haut que les sens.

Sa dissipation d'ailleurs ne fut qu'un feu de paille. A vingt-cinq ans, Moréas quittait délibérément l'une de ses maîtresses, une nommée *Maggy*, en lui rimant un sonnet d'adieu, où il disait :

> *Et je n'ai que mon cœur qui ne vaut pas grand'chose*
> *Et mon corps fatigué qui ne vaut rien du tout.*

Moréas n'usait pas là d'une vaine image de rhétorique. Il souffrait, alors, d'une dépression réelle, puisqu'il alla la même année, retremper son corps fatigué aux sources de Luchon. Il s'était promis de s'y astreindre au régime le plus sévère. Il en rapporta, pourtant, le souvenir « d'une femme blonde, d'une brune tannée, d'une belle aux cheveux châtains, d'une Espagnole, qui s'appelait *Carmencita*, d'une fille du pays qui avait des yeux de scabieuse » mais, sans doute, s'était-il contenté de les admirer de loin, ainsi que le laisse supposer le poème qu'il dédia à *Carmencita* :

> Pauvre enfant, tes prunelles vierges,
> Malgré leur feu diamanté,
> Dans mon cœur, temple dévasté,
> Ne rallumeraient pas les cierges.
>
> Pauvre enfant, les sons de ta voix,
> — Telles les harpes séraphiques —

1. Moréas soutint, à Paris, plusieurs duels, mais déterminés par des motifs d'ordre purement littéraire.

De mes souvenirs maléfiques
Ne couvriraient pas les abois.

Pauvre enfant, de tes lèvres vaines
La miraculeuse liqueur
N'adoucirait pas la rancœur
Qui tarit la vie en mes veines.

Et il se désolait de l'avoir connue trop tard. A la fin de la saison, Moréas s'éprouvait encore trop peu ragaillardi pour rentrer à Paris. Il alla respirer l'air salubre de la forêt Noire puis, de là, passa en Suisse où il acheva l'année.

Cette fois, les souvenirs qu'il rapporta de son voyage n'étaient plus d'ordre sentimental. Tout ce qui surnageait de ses impressions en Forêt Noire, c'était celle d'y avoir excellemment soupé, dans une vieille auberge enfumée, d'un morceau d'oie rôtie et d'un pot de miel, et toutes ses impressions de Suisse, se résumaient dans cette exclamation :

— *Que la neige était brillante, le jour où j'ai mangé devant le lac de Zurich, un gros poisson à la sauce mayonnaise !*

Et voilà qui donne raison à ceux qui prétendent que la chère fine console de l'Amour absent, et que la gourmandise est le péché mignon des chastes.

Ainsi, Moréas, dès l'âge de vingt-cinq ans, s'accusait de vieillesse prématurée et d'épuisement, mais la preuve qu'il exagérait, c'est qu'il avait encore à se débattre contre la tentation :

*Oh ! ne me tente plus de ta caresse avide,*
*Oh ! ne me verse plus l'énivrante liqueur*

*Qui coule de ta bouche, amphore jamais vide,*
*Laisse dormir mon cœur, laisse mourir mon cœur !*

Sans doute, par rançon de ses excès d'antan, avait-il éprouvé la nécessité de se mettre au vert et de « réfréner sa belle folie ». Il n'en laissait pas moins échapper cet aveu :

*De courir les hasards mon âme n'est pas lasse.*

Il demeurait toujours obsédé d'un besoin de tendresse. Il appelait toujours l'Amour, mais non plus effréné, en coups de rafale, comme à Florence,

Il s'en était fait une conception plus conforme à sa véritable humeur :

*Je veux un amour triste ainsi qu'un ciel d'automne,*
*Un amour qui serait comme un bois planté d'ifs,*
*Où, dans la nuit, le cor mélancolique sonne.*

Il n'avait pas encore renoncé à dénicher l'oiseau bleu, cet oiseau dont il dit :

*Oisillon bleu, couleur du temps,*
*Tes chants, tes chants,*
*Dorlotent doucement les cœurs*
*Meurtris par les destins moqueurs.*

*Oisillon bleu, couleur du temps,*
*Tes chants, tes chants,*
*Donnent de nouvelles vigueurs*
*Aux corps minés par les langueurs.*

Il avait donc tort de se comparer déjà à :

*L'inutile rameau que la sève a quitté.*

En dépit de sa santé déclinante, Moréas n'avait pas perdu tout ressort puisque dix ans plus tard nous le verrons engagé, par surprise il est vrai, dans une sérieuse équipée au pays du Tendre. Il avait cru entendre chanter « l'oiseau bleu ». C'était « l'Amante au grand cœur » à laquelle il dédia les vers suivants :

*Parce que du mal et du pire*
*Mon âme absout tous les méchants,*
*Et que sur ma lèvre respire*
*Orpheus, prince des doux chants ;*

*Qu'au jardin de ma chevelure*
*S'ébattent les ris et les jeux ;*
*Que se lève le Dioscure*
*Dans la prunelle de mes yeux ;*

*D'autres ont pu me croire : fête*
*Saoûle de drapeaux épanis,*
*Et clairons sonnant la défaite*
*De l'indéfectible Erinnys,*

*Mais toi, sororale, toi, sûre*
*Amante au grand cœur dévoilé,*
*Tu sus connaître la blessure*
*D'où mon sang à flots a coulé !*

Ce fut la dernière aventure de Moréas, du moins de celles où le cœur avait part. On lui en connut d'autres, par la suite, mais qui n'étaient guère que des rencontres furtives, auxquelles il n'attachait pas d'importance :

*Puisque Suzon s'en vient, allons*
*Sous la feuillée où s'aiment les coulombs !*

Il ne s'en vantait guère d'ailleurs, et si je fais allusion à ces choses, c'est pour mieux scruter les véritables raisons qui lui faisaient écrire dans son premier recueil, *les Syrtes* :

*Mon cœur repose, ainsi qu'en un cercueil d'érable,*
*Dans la sérénité de sa conversion.*

Ce mot de « conversion » prouve qu'il entendait se ranger à la Sagesse de propos délibéré plutôt que par pénitence forcée. Ce n'est pas à la maladie qu'il faudrait en rapporter le seul bénéfice. Son cœur n'était pas un « temple si dévasté » qu'il n'ait pu trouver, depuis, des mains capables « d'en rallumer les cierges éteints ». Le poète demeurait encore en état de goûter :

*Le cordial bu du baiser animal.*

Aussi bien, il avait quarante ans, lorsqu'il prit, pour l'un de ses recueils de vers, ce titre, emprunté à Shakespeare : *le Pèlerin passionné*. Nul qualificatif ne lui convenait mieux. Moréas était né « passionné ». Jusqu'à sa mort, il se sentit brûlé d'une flamme inextinguible :

*Le sang de mon cœur, d'une goutte,*
*Peut du Strymon glacé faire fumer la route,*

mais il était d'esprit trop clairvoyant pour être longtemps dupe de l'instinct. Il avait vite reconnu que tout, ici-bas, est mirage et leurre, de sorte que la désillusion était, chez lui, fille de l'enthousiasme, et que l'on pourrait dire que « né passionné, il était « né désenchanté ». Et de là provient le tragique de sa destinée. S'il n'étale point trop, dans ses vers, ce douloureux conflit, c'est qu'il ne voulait laisser de lui à la Postérité qu'une image noble et épurée. Il disait haïr surtout « celui qui se comporte contre sa volonté ». Or, le premier bouillonnement de l'adolescence passé, sa volonté fut toujours de dominer ses sens et de réduire, en lui, la part de l'inconscient. Même à l'âge où la force du sang se fait le plus impérieusement sentir, il lui est arrivé de résister à ses impulsions. Deux anecdotes, qu'il nous conte lui-même, en font foi :

Il avait 20 ans et séjournait à Florence lorsqu'au cours d'une excursion à *San Remo*, il rencontra une délicieuse créature dont il nous dit qu'elle avait « un visage du plus parfait ovale, une bouche de jasmin, des yeux plus doux que les fleurs et les étoiles ». Ce n'était pas une beauté farouche puisqu'elle accepta de Moréas un rendez-vous pour le soir même. Or, avant que le soir ne fut venu, Moréas reprenait le train pour Florence : « Là, dit-il, je pensai à elle avec plaisir. » Sans doute se méfiait-il d'une désillusion possible. Il préférait garder intacte sa première impression.

De Florence, Moréas se rendit à Munich. Dans le train qui l'emportait, se trouvait une voyageuse trop jolie pour que notre galant ne lui fit pas immédiatement la cour. Pas plus que la fille de *San Remo*, la dame n'était farouche. Elle accueillit favorablement les avances du poète. Il était entendu qu'ils passeraient dans la capitale bavaroise quelques moments heureux ensemble mais le train n'entrait en gare de la ville qu'au petit jour, et Moréas n'osa reparaître devant la dame, le teint flétri par une nuit blanche. Au débarquer, il s'esquiva, et se perdit dans la foule, sans espoir de retrouver l'aimable voyageuse, puisqu'il ignorait jusqu'à son nom.

Sans doute, a-t-il connu des aventures moins platoniques, mais une prompte désillusion intervenait toujours pour en brusquer le dénouement. Il ne semble pas qu'aucune rupture lui ait causé de déchirement. Il nous dit qu'il écrivit les *Syrtes* « dans un logis, encore « embaumé » d'un amour qu'un départ soudain avait brisé ». Le mot « embaumé » laisse supposer que Moréas éprouvait plutôt un soulagement du départ de son amie et qu'il portait, tout au moins, fort allègrement le deuil de cet amour défunt. Toutes ses liaisons furent brèves, tant sa clairvoyance lui en faisait escompter d'avance la faillite inévitable. S'il demeura, pendant près d'une année, attaché à « l'Amante au grand cœur », c'est qu'à cette dernière intrigue se mêlait du mystère. « L'oiseau bleu » chantait en cage, sous la garde d'un oiselier sévère. Les obstacles lui en rendaient le jeu plus attrayant, outre qu'il y trouvait le piquant renouvelé de « moquer les verrous de Bartole » et de réaliser, ainsi, l'un des vœux les plus chers de son adolescence romantique. En somme, aucune femme ne peut se flatter d'avoir joué un rôle agissant dans la vie de Moréas ni de lui avoir imprimé son empreinte. On ne lui connut jamais de maîtresse attitrée. Du moins n'en afficha-t-il jamais dans son âge mûr, et il était trop soucieux de son indépendance pour en installer une à demeure chez lui ou s'engager dans les liens du mariage :

— Un poète, disait-il, ne doit jamais aliéner sa liberté.

Ce qui l'inquiétait surtout, dans l'Amour, c'est que l'on y perd la maîtrise de soi-même.

Ainsi pensait Baudelaire, mais ce dernier flairait dans l'aiguillon de la chair l'intervention du diable. Moréas n'avait pas la hantise du Péché [1]. Il n'était pas soutenu, dans sa lutte contre l'instinct, par le souci d'assurer son salut dans l'autre monde. Il agissait par simple respect humain. En cela, il se montre supérieur à Baudelaire, puisqu'il n'espérait d'autre récompense de son sacrifice que la satisfaction de s'être vaincu lui-même, et d'avoir sauvé son intelligence du naufrage des sens. Ce n'est pas pour ceindre, au ciel, la couronne des élus, qu'il aspirait à la sérénité du Sage :

*Être serein ainsi qu'un roc inaccessible,*

et qu'il s'efforçait « d'égorger les cent taureaux mugissants de son cœur ». Il avait en mémoire ce passage des *Pouranas* védiques :

*C'est par l'effet trompeur que le principe intelligent paraît revêtu de tant de formes, mais la contemplation est comme un glaive avec lequel les hommes sages tranchent le lien de l'action qui enchaîne la conscience.*

Et c'est pour affranchir sa conscience, qu'il s'employait à déjouer les pièges de l'astucieuse Maya, déesse

1. Les mots de « Péché » et de « remords » se trouvent sous la plume du Moréas des *Syrtes*, alors influencé de Baudelaire, mais ils ne sauraient avoir chez lui le même sens que chez le poète des *Fleurs du Mal* puisque Moréas ne croyait pas à la survie ni aux prescriptions du dogme chrétien.

de l'Illusion. Sa fureur d'analyse y pourvoyait. Après s'être ébloui des petites bouquetières italiennes, la réflexion lui faisait dire :

*Elles me semblaient jolies et naïves ; elles étaient peut-être laides ou pleines de grossièreté et de vice.*

Il ne fut pas long à penser de même des petites bouquetières de Montmartre, après les avoir célébrées en vers, et des belles dames de Florence ou d'ailleurs, dont il n'utilisait plus le souvenir que pour en bercer son incurable nostalgie :

*O mirages que ma tendresse perpétue*
*Échos fallacieux de l'heure qui s'est tue !*

Comme le bon Joël, à cent ans, purgé du mal d'amour et « dedans sa tour assis », il se remémorait les étreintes passées « sans douloir » parce qu'il les avait soustraites à la réalité saignante pour les transposer sur un plan immatériel. Il dénombrait ses amies d'autrefois, mais ce n'était plus qu'une succession d'images, de fantômes anonymes, qu'il regardait passer avec complaisance, sans les reconnaître toujours :

*Et cette dame quelle est-elle,*
*Cette dame que l'on dirait*
*Peinte par le vieux Tintoret*
*Dans sa robe de brocatelle ?*

tant elles lui apparaissaient à distance, transfigurées par le souvenir :

*Et le temps, émondeur de beautés et de fleurs,*
*Met sur leur front vieilli de plus fraîches couleurs !*

Tout s'en résumait pour lui en impressions de lumière et de parfums, et lui devenait thème musical.

La chair est faible. Des révoltes parfois le prenaient contre ses sages résolutions. Il s'écriait :

*Je veux rire, je veux rire !*

S'il ne se pipait plus au jeu d'amour, il y voyait encore une diversion à ses ennuis croissants. Et c'était son tourment que cette poussée opiniâtre des sens, qui l'inclinaient vers des plaisirs décevants :

— *Voilà donc*, s'écriait-il, *le but inepte des choses !*

Ajoutez que Moréas avait trop pratiqué de bonne heure Schopenhauer pour n'avoir pas retenu quelque chose de sa doctrine misogyne, et que rien ne le prédisposait à s'émouvoir du vers tristement fameux de Legouvé :

*Tombe aux pieds de ce sexe à qui tu dois ta mère !*

Bien qu'il n'ait jamais cessé, dans son éloignement, d'entretenir une correspondance régulière avec sa mère, le bruit courait qu'il n'avait pas eu trop à se louer d'elle, dans son âge tendre. Il aurait souffert de s'en voir préférer ses deux sœurs, d'un caractère si différent du sien, paraît-il, qu'il s'en engendrait journellement mille petits conflits intimes, préjudiciables à leur bonne entente, et peu propres à garder Moréas de toute prévention à l'égard du « sexe ».

Il s'en irritait davantage du prestige souverain de la femme et de ne pouvoir, hors du froufroutement des jupes, se maintenir en équilibre :

*Dans la forêt du rêve et de l'enchantement.*

— « Étrange loi de nature, disait-il, qui fait de la femme à la fois le salut et la perdition du poète, puisqu'il n'en tire ses inspirations les plus fécondes qu'en y gaspillant ses forces. »

J'ai dit, tout à l'heure, que le dramatique vécu était absent des amours de Moréas et qu'il se dégageait de ses liaisons sans déchirement. Ce serait s'abuser, néanmoins, que de supposer qu'il en soit sorti complètement indemne. Sa sensibilité était trop affinée pour n'être pas aisément vulnérable. Bien qu'il affectât de n'en rien laisser paraître, il n'était pas homme à supporter, sans dépit, tant de « familiers crève-cœur ».

Sans doute, on ne l'a jamais trouvé, à la porte d'une belle, percé d'un coup de poignard, mais il est des blessures secrètes, tout aussi cruelles, dont il a pu pâtir. Méfions-nous de la sorte d'indifférence qu'il simule, çà et là, à cet endroit, dans ses poèmes. Quand il se dit, par exemple, d'humeur à puiser dans le tabac l'oubli du train d'un monde stupide et pervers, quand il déclare :

*Puisque la vie est un sottisier,*
*Que je fume en face de la lune*
*Ma bonne pipe de merisier !*

cela sonne faux chez lui. Moréas n'est jamais parvenu à ce point d'impassibilité. Il n'a pas conquis la résignation sans lutte. Il est demeuré, jusqu'à la fin, dans son for intérieur, sinon dans ses livres, angoissé et frémissant. Néanmoins, à mesure qu'il avançait en âge, il sentait davantage les vertus de la discipline et le besoin de s'armer de prudence et de circonspection,

« sans quoi, disait-il, le cœur se briserait en morceaux, et la conscience s'anéantirait ».

Il se morigénait de ses désordres passés avec ces lignes de Shakespeare qu'il prit pour épigraphe des *Cantilènes* :

— *Si l'on te demandait où est tout le trésor de tes jours florissants, et si tu répondais que tout cela est dans tes yeux creusés, ce serait une honte et un stérile éloge.*

Cette admonition que le poète anglais adressait à son énigmatique ami, le comte de Southampton, Moréas se l'appliquait à lui-même Le souci de réaliser son œuvre avait achevé de l'ôter de la dissipation.

Je sais bien qu'il portait ce souci de naissance, mais latent au début, ou du moins comprimé à la fois par les circonstances et la première explosion des sens. Il avait publié, à Athènes, un recueil de vers grecs et français, bientôt d'ailleurs renié, mais ce recueil avait fait peu de bruit et ne lui avait guère valu que les objurgations de ses parents, inquiets de le voir s'engager dans cette voie. Son père, magistrat, ne rêvait pour lui d'autre avenir que celui du barreau. Moréas n'en continuait pas moins à rimer, car l'on suppose bien qu'en dépit de sa vie dissipée, il ne négligeait pas les joies de l'esprit. S'il savait le prix d'un vin de crû et d'une vieille eau-de-vie authentique, il savait aussi le prix d'un beau vers et d'une fleur. La vue d'une rose suffisait à le jeter dans l'extase. Il avait toujours un livre de vers ou de philosophie en poche. En Italie, il avait pris révélation de Dante. En Allemagne, avec Henri Heine, ses auteurs de prédilection étaient Gœthe et Schopenhauer. Donc, Moréas s'adonna aux Muses dès sa prime-jeunesse, mais son éducation ayant été toute française, il renonça vite aux vers grecs pour n'en plus confectionner que dans notre langue. Or, à l'étranger, il ne pouvait les écrire que pour lui-même, faute d'oreilles à qui les faire entendre.

Il n'en fut plus de même à Paris dont l'air fut, pour sa veine, un véritable coup de fouet.

Dès son retour de Suisse, Moréas s'y lia, à Montmartre, avec des poètes qui l'introduisirent au *Chat Noir*, ce cabaret de lettres, alors en pleine vogue. Il y récita des vers. Il y fut applaudi. Un renouveau poétique se préparait dont il respirait les effluves. Plein de confiance en son génie, il se sentit plus que jamais dévoré de l'ambition de parvenir.

L'ambition est un démon fort despotique. Moréas ne fut pas long à l'éprouver, dans la ville lumière, au contact de tant d'émules, si impatients du signal du départ, qu'il y prit l'idée d'un *steeple-chase*, où il entendait faire triompher ses couleurs. Écoutez ce qu'il en dit :

*Car tu serres nos cœurs pantelants et meurtris,*
*O Stryge Ambition dans l'étau de tes griffes,*
*Et nous courons le grand handicap de Paris,*
*Piquant de l'éperon d'étranges hippogriffes.*

C'est là l'un des motifs déterminants de ce que Moréas appelait sa « conversion ». Il estimait que pour se maintenir en vigueur et emporter le prix de la course, il n'avait plus de temps à perdre aux bagatelles de l'Amour.

Dès lors, la Gloire l'appelait. Il s'y rua tout entier. Mais, je le répète, il gardait, en dépit de tout, un cœur tendre et sensible. Je n'en veux pour preuve que la spontanéité avec laquelle il se dévouait à ses amis. Cette monnaie du cœur que la Raison lui faisait économiser en amour, il la prodiguait en amitié, mais là, encore, son extrême sensibilité fut soumise à rude épreuve. Il y connut les mêmes déceptions à ce point que, sur ses derniers jours, il se plaignait que « la Mort eût laissé vivre ceux qui auraient pu être ses plus chers souvenirs ». Et c'est pourquoi, ne voyant plus de salut que dans une reprise héroïque de lui-même et le sacrifice de toutes ses affections, il s'écriait au début des *Stances* :

*Me voici seul, enfin, tel que je devais l'être !*

mais sous ce cri de feinte assurance, le poète trahissait une secrète amertume et le désastre de sa vie sentimentale. C'était le roidissement d'un cœur blessé, à qui il ne restait plus, pour se soutenir, que la foi en son art et le rappel des ivresses anciennes :

*Voix qui revenez, bercez-nous, berceuses voix,*
*— Flacons, ô vous, grisez-nous, flacons d'autrefois !*

## II

## LA VIE PUBLIQUE DE JEAN MORÉAS

La vie de Moréas s'écoula, somme toute, assez paisible, du moins en apparence. On ne saurait dire :

*Qu'un abîme de bruit, de malheur et de gloire*

ait séparé sa tombe de son berceau.

Sa vie ne fut traversée que des orages de sa pensée, et ne comporte que des événements littéraires. Les grandes dates en sont celles de l'apparition de ses livres et du lancement de ses manifestes, sans oublier celle du banquet qui lui fut offert le 3 février 1891, pour fêter la publication du *Pèlerin passionné*, et qui le consacrait chef de l'École symboliste.

Mallarmé présidait ce banquet où prirent part cent vingt convives, parmi lesquels on comptait : Anatole France, Maurice Barrès, Pierre Louys, Henri Lavedan, Octave Mirbeau, Catulle Mendès, Félicien Rops, Odilon Redon, Paul Gauguin, Schuré, Henri de Régnier, Georges Lecomte, Francis Viélé-Griffin... Toute l'avant-garde des lettres et des arts.

Une autre date mémorable de son existence est celle de la représentation d'*Iphigénie*, en 1904, au stade d'Athènes, où assistait la famille royale de Grèce.

Néanmoins, ni ce banquet qui eut, dans la Presse, en France et à l'étranger, un retentissement considérable, ni cette représentation d'*Iphigénie*, à Athènes, qui prit, pour le poète présent, les proportions d'une véritable apothéose, n'avaient réussi à lui assurer, chez nous, la consécration officielle. On vit bien paraître à ses obsèques, un ministre : M. Barthou, un académicien : Maurice Barrès, qui y rendirent, par la parole, hommage à son génie, mais à titre privé. Et si le tragédien Silvain se trouvait là, ce n'était nullement comme délégué de la Comédie française, qui s'obstinait à ignorer l'*Iphigénie* [1] du poète, comme l'Académie française s'obstinait à ignorer ses vers. Il n'était pas jusqu'aux portes du ministère de l'Instruction publique qui ne lui demeurassent fermées.

L'unique fois où Moréas s'était présenté à ce ministère, pour y signaler la détresse de Maurice du Plessys et solliciter un secours en sa faveur, il en avait été sévèrement éconduit, comme « indésirable ». Le ministre avait refusé de le recevoir, sous prétexte qu'il n'était pas muni d'une lettre d'audience.

Or, à ce moment, Moréas était à l'apogée de sa carrière, et pouvait se prévaloir de sa rosette d'officier de la Légion d'honneur. Je me hâte de dire, d'ailleurs, que cette rosette, il l'avait obtenue, bien tard, à titre étranger, sur les instances de sa légation, et nullement par un geste gracieux de notre gouvernement.

1. Ce n'est qu'après la mort de Moréas que la Comédie Française consentit à inscrire *Iphigénie* à son répertoire.

En dépit de cette indifférence du monde officiel à son égard, Moréas n'en était pas moins considéré dans les milieux littéraires indépendants, comme le véritable « prince des poètes », Il n'en eut jamais le titre légitime, mais, ainsi que le constate Remy de Gourmont, il en avait confisqué le prestige et l'autorité.

On le rencontrait, au quartier latin, toujours suivi d'un flot de jeunesse, d'une escorte de fidèles, respectueux et attentifs. Et, bien qu'il ne fît pas de discours, ses propos, en apparence décousus, constituaient un véritable cours de haute littérature. Moréas était une anthologie vivante. Il inculquait l'amour des maîtres, en récitant leurs vers. N'était-ce pas là le meilleur des commentaires ? Nul ne savait, comme lui, déjouer d'un trait de bon sens, la malice et la ruse des sophistes.

Quelqu'un, sachant qu'il prisait peu Bouilhet, crut l'embarrasser un jour en lui demandant, après avoir déclamé la strophe célèbre :

*J'ai fait chanter mon rêve au vide de ton cœur*

ce qu'il en pensait.

— Ce que j'en pense, répondit Moréas, c'est qu'il est vilain de parler ainsi à une femme que l'on a aimée, et ce qui est vilain ne peut être beau.

Un autre, surpris de le voir entretenir commerce d'amitié avec un jeune poète dont les premiers vers ne cassaient rien, crut de même l'embarrasser en lui demandant : « Mais a-t-il vraiment du talent ? »

— « Il en aura ! » répondit Moréas.

Ainsi d'un mot tranchant et sans réplique, clouait-il la bouche à ses contradicteurs.

Il s'imposait à la jeunesse lettrée autant par son génie que par la sorte d'ascendant qui émanait de toute sa personne. Il lui arriva, souvent, d'être salué, dans la rue, par des soldats, qui le prenaient pour un officier en civil. Un factionnaire auquel il s'adressa, un jour, à la porte du Palais du Luxembourg, l'appela « mon commandant ». La rosette qu'il portait y était, sans doute, pour quelque chose, moins encore, j'imagine, que sa parole brève et son geste, empreint d'autorité.

Il n'y eut, jamais, de maître plus suivi de disciples. Il n'y en eut jamais de moins enclin à se valoir les suffrages du vulgaire et à s'insinuer, coûte que coûte, dans la bonne grâce des gens.

Il ne s'offrait pas au premier venu. Il allait même jusqu'à rudoyer assez vertement les fâcheux et les importuns.

C'est en vain que de jeunes arrivistes, plus fournis d'ambition que de talent, initiés aux mystères de ce que M. Fernand Divoire appelle : la *stratégie littéraire*, usaient d'insidieuses manières à se le concilier.

Des rimeurs de tout poil, sachant qu'il était facile de le joindre au café, accouraient lui offrir leurs recueils de vers, ornés d'une emphatique et ronflante dédicace, dans l'espoir de le séduire et d'en tirer, en faveurs et en réclame, la monnaie de leur pièce.

Moréas, après avoir ajusté son monocle, ouvrait le volume avec curiosité, tant il était friand de poésie, mais s'il n'y rencontrait que fadaises (ce qui était le cas le plus fréquent) il avait tôt fait de rejeter le livre loin de lui, sur la table, avec un geste de colère ou de dépit, sans s'inquiéter de ce qui pouvait s'ensuivre.

A cause de cela, il avait bruit de bourru et d'arrogant,

mais il ne pouvait supporter ni la sottise ni la médiocrité en vers, et c'était à son éloge qu'il ne sût pas mentir et qu'il refusât d'encourager les fausses vocations.

Pour qui avait réussi à le conquérir, c'était au contraire l'ami le plus obligeant, le plus fidèle et le plus dévoué, le plus délicat aussi, sachant donner à une parole banale le prix d'une confidence, mettre une attention flatteuse dans une poignée de mains, une caresse dans un regard, une faveur dans un sourire.

Il souffrait, au fond, d'une sensibilité si vulnérable qu'il éprouvait le besoin de s'armer, en public, pour la défendre, d'un faux semblant de morgue et d'insolence. Et parce qu'il avait conscience de sa valeur et qu'il ne cessait de déclamer ses vers en tous lieux, en l'accusait de présomption et de vanité, sans réfléchir que, puisqu'il s'était donné mission de nous ôter, en poésie, des mauvais chemins, il fallait bien qu'il fit preuve de zèle, pour y réussir, et d'agissante vertu. C'etait sa façon d'édifier, par l'exemple.

Il ne récitait pas que ses vers. Il y mêlait ceux de nos grands poètes, afin de les imprimer dans la mémoire de ses auditeurs, pour leur former l'oreille et le goût.

Mais la légende la plus extraordinaire est celle qui voudrait nous donner comme un incorrigible bohème, fantaisiste et capricieux, ce sage, épris d'ordre et de mesure, qui ne connut jamais, dans sa vie, qu'une passion déréglée, celle des beaux vers.

Certes, il vivait de nuit et il hantait les cafés, mais vivre de nuit à Paris est une mode assez bien portée, jusque dans la *gentry*, et les cafés, comme l'a dit Charles Le Goffic, c'était son Portique.

Il s'était donné mission d'apôtre, ai-je dit, d'apôtre de la raison, de régent du bon sens. Il enseignait en plein air, à l'image de Socrate et des philosophes grecs de l'antiquité, renouant ainsi la tradition de sa race. Et s'il hantait les cafés, de préférence aux salons, c'est que, jaloux de son indépendance, il savait que la pratique du monde asservit et que l'on y respire un air déprimant et chargé de contagion.

« Je ne fais jamais de visites ! » répondit-il, un jour, au roi de Grèce, qui, venu *incognito* chez nous, mêlé à la foule, selon sa coutume, l'avait rencontré sur le boulevard, et s'étonnait aimablement de son absence obstinée aux réceptions de la légation.

Moréas ne pouvait se résigner à vivre enfermé, même dans une salle de spectacle. Les nôtres, où les gens s'empilent les uns sur les autres, dans une atmosphère raréfiée, lui faisaient l'effet d'un lieu de torture. Toutes les petites tyrannies que l'on y subit, du fait des règlements de police et des exigences des ouvreuses, l'exaspéraient. Il disait : « Le plus bel opéra n'est intéressant, pour moi, qu'après le dernier acte. »

Je le rencontrai, un soir, dans son âge déclinant, sous les galeries de l'*Odéon*. C'était l'instant de la journée où il avait besoin de compagnie :

— Je ne vous lâche plus, fit-il, cordialement, en me saisissant le bras.

Mais j'allais prendre mon service au théâtre. Je lui offris de m'y suivre. C'était au-dessus de ses forces. Avisant l'entrée du monument avec une grimace significative, il murmura : « Entrer là-dedans, jamais je n'oserai ! C'est trop sinistre ! »

Je réussis néanmoins à l'entraîner dans la loge de

Tessandier, qui jouait ce soir-là. On donnait je ne sais plus quel *mélo* naturaliste, genre Busnach. Une banale histoire d'adultère.

Moréas se souvenait que Tessandier avait promené, en compagnie du ménage Silvain, son *Iphigénie* un peu partout, à Orange, sinon à Athènes [1], jusque chez les Éthiopiens et les colons d'Algérie, et qu'elle avait contribué, sous les traits de Clytemnestre, à la faire acclamer. J'imagine qu'avec son masque tragique, sa forte stature, sa voix vibrante, elle avait dû être une Clytemnestre parfaite.

Un vrai tempérament d'artiste, mais une figure étrange que cette Aimée Tessandier, casquée de lourds cheveux d'ébène :

*Bizarre déité brune comme les nuits*

inquiète, orageuse, inégale, et qui mettait dans ses rôles la passion qui la brûlait.

D'origine bordelaise, après des débuts obscurs sur les scènes de province, elle s'était tout à coup révélée à Paris, en frappant à son coin les grands rôles du répertoire ancien et moderne.

Elle galvanisait tout de sa fougue et jusqu'aux drames les plus massifs d'Alexandre Dumas père. Elle y faisait circuler un souffle d'art pur, qui leur conférait la qualité de chef-d'œuvre, mais c'est surtout dans le lyrisme qu'elle faisait preuve de dons supérieurs. Elle était faite pour chausser le cothurne. Moréas disait d'elle : « C'est la Tragédie en personne ».

1. Le rôle de Clytemnestre fut joué, à Athènes, par Mme L. Marbeau.

Elle avait prêté un regain de vie et d'intérêt à la *Charlotte Corday* de Ponsard, et mis le sceau à sa réputation par une création hors ligne : celle de *lady Macbeth*, dans une adaptation française du drame de Shakespeare. Impossible de mieux incarner cette âme « puissante au crime ».

*Rêve d'Eschyle éclos au climat des autans.*

Il s'en dégageait pour le spectateur une impression terrifiante.

Elle semblait destinée au plus brillant avenir et n'avoir plus qu'à attendre, pour jouir d'une renommée universelle, la rapide consécration du temps. Mais son caractère fantasque et ombrageux, ses accès d'humeur, sa furie indomptable, ne lui permettaient de se fixer nulle part.

Elle n'avait fait que passer au Théâtre-Français. Elle était revenue à l'Odéon, qu'elle quittera bientôt, pour rouler de scènes en scènes. Elle s'en verra, successivement, fermer toutes les portes. Elle en sera réduite à jouer au cachet, n'importe où, et, finalement, pareille à ces fleuves, un moment torrents, qui vont se perdre dans les sables, elle se perdra, peu à peu, dans l'indifférence et dans l'oubli.

Nous la trouvâmes achevant de se costumer en femme du peuple, elle, dont le front réclamait le diadème, et dont les épaules appelaient le manteau de pourpre !

Elle poussa un cri de satisfaction en apercevant Moréas. C'était l'écho de son dernier triomphe qui entrait avec lui dans sa loge.

— Ah ! mon cher poète, lui dit-elle, vous m'aviez confié un rôle à ma taille. Moi qui ne vibre qu'aux beaux vers et qui n'aspire qu'au sublime, regardez ce qu'ils me forcent à jouer, ce soir !

Et d'un geste découragé, sa main désignait l'affiche du jour, épinglée au mur.

Puis, elle évoqua les moments heureux de leur randonnée aux pays du soleil.

Le faste en revivait dans la voix de Tessandier, prompte à en retracer les détails de mémoire. Et, tout à coup, dressée, cédant au feu de ses transports, elle déclama un fragment d'*Iphigénie.*

Ce fut comme une transfiguration subite. Une vague d'idéal balaya les cloisons, les oripeaux épars de la loge minuscule, y fit une large trouée d'espace et de lumière. Il n'y avait plus de femme du peuple. C'était une reine. Que dis-je ? C'était la Muse, elle-même, qui parlait, enveloppée d'un rayonnement de gloire. Une émotion nous saisit à la gorge et je crus voir un éclair humide briller furtivement dans les yeux de Moréas.

Un bruit de sonnette, issu des couloirs, le cri fatidique du régisseur : « En scène pour le un ! » vint rompre le charme. Il nous fallut quitter la loge. Il ne m'échappait pas qu'après cette minute pathétique, il me serait impossible de vaincre la répugnance de Moréas à venir, avec moi, s'emprisonner dans un fauteuil, devant un ciel de toile peinte et des horizons de carton.

Je le laissai rejoindre, au *Vachette*, sa troupe de fidèles, sûr qu'il ne manquerait pas d'y retrouver Desrousseaux, déchiffreur de vieux palimpsestes, Albalat, préoccupé des problèmes du style, Poizat, féru des tragiques grecs, et Paul Fort, et Salmon, et

Gaubert, et Toulet. Et je revins seul, mélancoliquement, m'échouer dans la salle assombrie, à l'instant où le rideau se levait sur les péripéties d'un drame prosaïque et noir, une « tranche de vie » comme on disait alors, remuant l'ordure quotidienne, dont j'étais déjà suffisamment saturé par métier, et où je me sentais, ce soir-là, moins que jamais, en humeur de m'intéresser.

## III

# LES SUPERSTITIONS DE MORÉAS

Le vrai nom de Moréas était Papamandiatopoulos. Il avait tiré son pseudonyme de son lieu d'origine (Morée), comme avait fait M. Thibaut devenu Anatole *France*, ce qui leur a porté bonheur à tous deux et semble justifier ceux qui croient à la secrète vertu des noms.

Moréas était superstitieux. Il pâlissait s'il venait à renverser, par mégarde, une salière sur la table, ou s'il y trouvait son couvert disposé en croix, et pour rien au monde, il ne fut demeuré dans une chambre éclairée de trois bougies.

Lorsque je fondai le *Sagittaire*, en 1900, il me blâma d'en avoir installé les bureaux au n° 13 du boulevard Montparnasse.

— C'est appeler l'insuccès, me disait-il. Rien ne peut prospérer à l'ombre de ce chiffre fatidique.

Desrousseaux (devenu depuis le député Bracke) me confiait qu'un soir, sortant d'un café, où il s'était attardé en compagnie de Moréas, il n'avait jamais pu le décider à monter dans un fiacre, dont la lanterne arborait le n° 156, parce que le poète y avait, du premier coup d'œil, démêlé un multiple de 13. Et c'était le seul fiacre qui passait à vide ! Et il tombait une pluie diluvienne ! Et tous deux étaient pressés de se rendre dans une maison amie où ils étaient attendus pour dîner.

Moréas nous conte, lui-même, dans ses *Souvenirs*, avec bonne humeur, une anecdote de cette nature :

Durant un séjour en Quercy, il y fut l'hôte d'un brave curé de campagne, que ses affaires appelèrent, un après-midi, à Montauban. Moréas avait accepté de l'y suivre, mais au dernier moment, il se ravisa, disant : « C'est impossible ! J'oubliais que nous sommes aujourd'hui un vendredi treize. » Et comme le curé insistait, riant de ses scrupules, Moréas finit par céder, mais non sans déclarer : « Je vous préviens qu'il nous adviendra quelque traverse. »

Effectivement, tandis qu'ils se dirigeaient vers la ville, en carriole ouverte, le temps, qui semblait au beau fixe, changea brusquement. Les ténèbres se firent. Un orage effroyable éclata : « Le ciel ruisselait, écrit Moréas, et la foudre nous tenait dans un cercle de flammes ». Il riait, à son tour, de voir le curé, auquel il rappelait sa prédiction, se signer plusieurs fois sans répondre.

Les deux voyageurs se tirèrent d'ailleurs de cette « traverse » sans trop de dommage. Ils avaient trouvé refuge sous le hangar d'une maison abandonnée au bord de la route. Bientôt le soleil se remit à luire et le curé put arriver à Montauban sans trop de retard pour ses affaires.

Et ce qui demeurait dans l'esprit de Moréas de la

mésaventure, c'était la satisfaction d'avoir été bon prophète.

D'autres soucis singuliers le possédaient :

Il lui advint de rompre brusquement des liaisons amorcées avec des gens chez qui il avait cru, par la suite, reconnaître des signes de maléfice. Il cessa de fréquenter un café, où il avait ses aises, sous prétexte qu'un garçon, nouvellement embauché, lui donnait l'impression d'un « jettatore ».

Je le trouvai, un jour, chez lui, pestant contre la persécution des choses. Il n'avait pu allumer son feu ni mettre la main sur les livres dont il avait besoin. Un brouillon important s'était égaré dans le désordre de ses papiers. Sa plume crachait. Son encre était devenue blanche. Son cigare refusait de se consumer. Il m'exposa ses doléances et conclut :

— « Du reste, j'aurais tort de m'en étonner. A*** sort d'ici. Chaque fois qu'il vient, c'est la même chose. Je ne veux plus le recevoir. »

Lorsque notre ami D*** se maria : « Vous verrez, me dit-il, que sa femme lui portera malheur. »

C'était une femme jeune et de vertueux maintien. Je la trouvais charmante. Moréas convenait de sa beauté, mais lui soupçonnait un regard fatal.

Je ne rapporte pas ces choses pour m'égayer aux dépens de Moréas. D'ailleurs je dois bien convenir qu'en ce qui concerne le *Sagittaire* et Mme D***, ses prédictions se trouvèrent réalisées.

Le *Sagittaire* connut des jours aussi éphémères que troublés et ce pauvre D*** vit, le lendemain de son mariage, l'abandonner la chance qui, jusque-là, lui avait souri.

La revue qu'il dirigeait, alors en pleine vogue, perdit, peu à peu, sa clientèle d'abonnés, et les amateurs de tableaux désapprirent le chemin de sa galerie d'exposition.

Le malheureux garçon entreprit, pour se raccrocher, diverses spéculations hasardées, qui ne firent que précipiter sa ruine.

Il allait être acculé à la faillite lorsqu'il fut emporté par une mort prématurée.

Je n'affirme pas que le « sourcil » de sa femme y fut pour quelque chose, et si j'ai tant insisté sur ce côté du caractère de Moréas, c'est simplement pour établir que ceux-là ont tort qui veulent que la superstition soit toujours l'indice d'un cerveau faible ou ignorant.

Il n'y en avait pas de plus lucide ni de plus armé de savoir que celui de Moréas. La superstition fait souvent bon ménage avec le génie.

Ce n'est pas seulement chez d'excellents poètes qu'on la trouve, encore qu'ils y soient portés davantage par une sensibilité plus vive, un sens plus aigu du mystère, mais chez des hommes d'action et de fameux capitaines.

César s'effrayait d'un croassement de corbeau et n'osait rien entreprendre qu'il n'eût consulté les Aruspices.

Le front de Napoléon se plissait s'il avait commencé sa promenade du pied gauche ou si son cheval venait à broncher.

Sans doute, on peut prétendre que César ne faisait en cela que suivre les errements de son temps, et que Napoléon tenait ses craintes superstitieuses de son origine corse. Et je veux bien que l'on explique celles de Moréas par son origine levantine.

Pourtant, que d'hommes supérieurs, en France, même de nos jours, épris de surnaturel, donnent dans ce travers et se forgent des chimères à tout propos.

Victor Hugo faisait tourner les tables dans son exil, à Guernesey, et s'imaginait converser avec les « esprits ».

Musset qui savait, par expérience, que « c'est tenter Dieu que d'aimer la douleur » s'abstenait de proférer certains mots qu'il jugeait maléfiques.

Ce n'était ni un Corse ni un Hellène, cet Huysmans qui croyait à la vertu des formules rituelles de l'envoûtement, ni ce Joséphin Péladan, qui s'était proclamé, avec son titre de *Sar*, héritier des anciens mages, ni tous ces poètes kabalistes qui, groupés autour de Stanislas de Guaita [1], avaient rallumé l'*Athanor* des vieux alchimistes, mais si j'estime le terrain trop glissant pour me mêler de défendre la foi aux sortilèges, il est une superstition qui me paraît mériter l'examen, c'est la foi aux présages dont l'histoire nous fournit mille exemples :

Moréas m'avait entraîné, par un radieux après-midi d'été, dans cette verdoyante et pittoresque Vallée-aux-Loups, dont il avait fait sa promenade favorite et que dorent tant d'illustres souvenirs.

Nous longions les murs de l'ancienne demeure de Chateaubriand, et tandis que j'en admirais les ombrages, Moréas me dit :

— « Savez-vous que le soir de novembre où Cha-

1. Cf. le tome II de la *Mêlée symboliste* (Renaissance du Livre).

teaubriand vint prendre possession de son domaine, la voiture qui l'amenait versa à l'entrée de la grille ? Lui et sa femme qui l'accompagnait, n'en éprouvèrent pas trop de mal, mais plus encore que cette panne intempestive, un incident fâcheux vint les impressionner.

« Chateaubriand apportait, avec lui, un buste d'Homère qu'il révérait comme un fétiche, et qu'il n'avait pas osé confier aux déménageurs, à cause de sa fragilité.

« Le buste était en plâtre. Il fut projeté par le mouvement de bascule de la voiture hors de la portière et se brisa en miettes.

« Chateaubriand y prit révélation que ce nouveau séjour ne lui donnerait pas la tranquillité qu'il y venait chercher.

« Effectivement, s'il put y écrire *les Martyrs*, il n'y connut que des soucis, des alarmes, un redoublement d'inquiétudes, et il devait le quitter plus pauvre, plus amer et plus désemparé que jamais. Là où d'autres n'auraient vu qu'un accident banal, Chateaubriand lisait une prophétie.

— « Je suis persuadé, ajouta Moréas, que si nous nous observions mieux, nous découvririons que rien ne nous arrive dont les dieux ne nous aient donné l'avertissement. Je trinquais, un soir, avec des amis. Mon verre se brisa, tout à coup, dans ma main. Je sus, plus tard, qu'au même instant, mourait, en Grèce, le plus cher compagnon de ma jeunesse.

« Les sceptiques auront beau s'insurger. Il faut, comme je l'ai écrit dans mon *Iphigénie*,

*Il faut que l'homme sache*
*Que, malgré la raison, sous le ciel étoilé*
*Plus d'un secret se cache.*

« Nous sourions de la préoccupation des anciens à observer les astres pour en tirer indice des événements futurs. Mais sur quelles bases asseoir une réfutation certaine ? »

— Croyez-vous, demandai-je, qu'il y eût une corrélation quelconque entre la mort de César et cette comète, dont nous parlent les poètes latins ?

— Pourquoi pas ? La mort de César marquait la fin d'un monde. Il se peut que les révolutions morales correspondent à des troubles physiques.

— Oh ! fis-je, tandis que sur la route, où nous nous étions engagés, pointait au loin le clocher de Verrières, et que passait un groupe de séminaristes revenant d'un pèlerinage au calvaire voisin, ne parlez pas si haut, vous pourriez scandaliser ces messieurs. Ils ne manqueraient pas de nous prendre pour d'abominables païens.

— Mais, objecta Moréas, est-ce que l'Église n'a pas aussi son étoile des Mages, sa manne, ses pluies de soufre, ses prophètes, ses messages divins, ses colloques entre le ciel et la terre ? Éginhard était chrétien qui, dans *Sa vie de l'Empereur Charles,* nous énumère tous les signes précurseurs de sa mort et de la dislocation de son empire.

Il y a plus de vingt-cinq ans que Moréas me tenait ces propos.

Et au moment où j'écris ces lignes, je pense que si Éginhard revenait parmi nous, il aurait les mêmes alarmants symptômes à enregistrer.

Quels temps furent plus fournis de présages que ceux qui virent s'ouvrir la guerre mondiale dont les convulsions durent encore ? Faut-il voir dans cette fureur de massacre qui vient d'emporter l'humanité, la conséquence du détraquement des astres, ou si ces cataclysmes physiques, ces cyclones, ces éclipses, ces tremblements de terre, ces éruptions volcaniques, ces dévastations de forêts incendiées, ces fleuves débordés rompant leurs digues, ces craquements de l'écorce terrestre dont nous sommes les témoins, ne sont que les signes annonciateurs de la chute des trônes et de l'agonie d'un ordre ancien ?

Dans cette catastrophe des fêtes du couronnement du dernier Tsar, renouvelant la catastrophe des fêtes du mariage du dauphin (depuis Louis XVI) avec Marie-Antoinette, faut-il voir un simple effet du hasard, ou la prédiction d'un même destin tragique, d'une double dynastie étouffée dans le même flot de sang ?

Avouons que s'il n'y a là qu'une coïncidence, elle est assez troublante pour autoriser l'hypothèse d'une intervention des puissances occultes.

Entre les superstitions enfantines, fruit de l'ignorance, et celles qui ne sont que des lueurs de clairvoyance, il sera bien difficile de faire le partage, tant que nous n'aurons pas la clé du mystère qui nous entoure.

Moréas savait aussi que l'homme n'échappe guère à sa destinée. Un jour que quelqu'un, devant lui, faisait allusion à l'opinion de Descartes sur l'automatisme des bêtes, il répondit :

— Cette opinion n'est pas si déraisonnable qu'on le suppose. J'incline à cet automatisme ; mais pourquoi celui de l'homme serait-il moins évident ?

***

Les voyages avaient formé la jeunesse de Moréas. Après avoir visité l'Italie, l'Allemagne et la Suisse, il s'était fixé définitivement à Paris, sans espoir de retour dans sa patrie. Il fallut, en 1897, la guerre gréco-turque pour l'y ramener, mais les choses tournant mal pour la Grèce, il n'y fit qu'un bref séjour. Il y revint pour la représentation d'*Iphigénie* au stade d'Athènes, en 1904, avec la troupe Silvain qui l'avait organisée et s'en retourna avec elle. Il accompagna cette même troupe, trois ans plus tard, en Algérie et en Tunisie. Entre temps, il avait parcouru, à diverses reprises, la Provence et le Languedoc. Il connaissait Luchon où il avait fait deux cures de santé en 1881 et en 1883. En 1908 il se rendit à Bruxelles pour y faire une Conférence. Ce fut son dernier exode. La maladie le tint dès lors confiné à Paris.

Depuis longtemps déjà il sentait ses forces décliner et en voulait à la mort de se faire trop attendre.

« — *Ce qu'il y a de pire dans la Mort,* disait-il, *c'est qu'on ne peut pas compter sur elle !* »

Elle vint enfin. Moréas s'éteignit le 30 mars 1910, dans la clinique de Saint-Mandé, où il avait été transporté, après un mois de longues souffrances, si noblement supportées qu'il évoquait l'image de ces héros qu'a célebrés Plutarque.

Et il sied d'autant plus d'insister sur ses derniers moments que, selon le mot de Maurice Barrès, ils « authentifient » son œuvre.

## IV

## LES DERNIERS JOURS DE MORÉAS

M. Marcel Coulon est de ceux qui ont veillé la longue agonie de Moréas. Il ne l'a guère quitté depuis le jour où le poète fut transporté à la clinique, jusqu'à l'heure de sa mort. Il a assisté à ses derniers moments et nous en a transmis le récit [1].

L'auteur ne nous cache pas qu'il a hésité longtemps à publier son ouvrage. « Chaque fois, dit-il, que je me croyais décidé à le livrer, je songeais à ces vers des *Stances* :

*Car je hais avant tout le stupide indiscret...*

et je remettais le manuscrit dans son tiroir. »

C'est qu'il y avait peint Moréas au naturel, avec son franc-parler et ses brusques saillies, mais, puisque la fidélité était son principal souci, il eût considéré comme une manière de trahison, d'en atténuer la verdeur.

1. *Au chevet de Moréas.* (Éditions du Siècle).

Sa seule précaution fut d'avertir le lecteur que si Moréas usait de certains mots crus, il savait « leur communiquer par le timbre et par le geste, assez de noblesse, pour, tout en soulignant leur pittoresque, ne pas leur faire rendre un son grossier, le lot essentiel de Moréas étant une sorte de gravité lyrique », ce qui est vrai. Et je ne pense pas que la mémoire de Moréas ait à pâtir des confidences de M. Marcel Coulon. Bien au contraire.

« Moréas souffre beaucoup et porte son mal avec courage », note au début de son journal M. Marcel Coulon. Et, plus loin : « son état a beaucoup empiré, mais quand le moment des visites arrive, on dirait qu'il n'est plus malade ». Et les visites se multiplient. Une véritable foule assiège sa porte. Moréas accueille tout le monde : « Dites à ceux qui veulent venir me voir, qu'on me trouve toujours chez moi !... Mais qu'ils se hâtent ! » ajoute-t-il parfois, signifiant par là qu'il sent sa mort prochaine.

Il se mutine contre les médecins, effrayés pour son repos, de cette multiplicité d'audiences. Il se moque de leurs prescriptions de silence et de tranquillité : « Je sais mieux qu'eux ce qu'il me faut, je suppose ». Il les raille de leur impuissance à le soulager : « Ma maladie est une fureur d'Apollon et ils la regardent comme s'ils la voyaient dans leur *Codex*. »

A ceux qui s'étonnent de son détachement, Moréas répond : « Quand on se f..... de la vie comme j'ai fait, on se f..... bien de la mort ! »

Il mêle l'ironie aux plaintes que la souffrance lui arrache malgré lui : « J'ai le Phlégéton dans les entrailles ! » Il s'arrête entre deux cris pour sourire des allures « second Empire » de son infirmière. Il prie Coulon de lui gratter l'épaule où il se sent une démangeaison, mais bientôt :

— « Non ! laissez-moi, dit-il, je préfère l'infirmier. Vous êtes gratte-papier et non pas un gratte-peau. »

Une nuit, il vient d'avoir une crise terrible. Il semble tombé dans l'anéantissement. Coulon, qui le veille, regarde, debout contre la fenêtre, le jardin baigné de clair de lune; et, tout à coup, il entend le moribond lui crier d'une voix forte, comme revenu à la santé, par miracle :

— « Est-ce que les bourgeons éclatent aux marronniers ? »

Moréas malmène, parfois, le personnel de l'hôpital, puis s'en excuse, mettant ses foucades sur le compte de la maladie, et il en vient à s'apitoyer sur eux :

— « Tant de gens dérangés pour une chose qui n'en vaut pas la peine... ma vie ! »

Il garde, toujours, une certaine coquetterie de sa personne. Il exige de l'eau de Cologne. On lui en apporte un flacon. Il le flaire, en examine l'étiquette et le repousse avec dégoût, en disant : « Eau de Cologne de Chatenay-aux-Roses, que voulez-vous que ce soit ? »

Je ne puis m'empêcher, en lisant le récit de Coulon, de songer à celui que le futur cardinal du Perron nous a laissé des derniers moments de Ronsard, qui, terrassé par un mal identique « avait perdu l'usage de toutes les parties du corps, excepté celui de la langue qui lui restait pour exprimer la peine des autres. »

Encore Ronsard avait-il, pour le soutenir, l'appui de la Foi et les consolations de la Religion. Il pouvait considérer son mal comme l'expiation de ses péchés, une dernière épreuve de la puissance divine, prête à lui ouvrir la porte des félicités éternelles. Moréas n'espérait plus rien que du néant.

On cite aussi la sérénité dont Socrate fit preuve devant la mort, mais Socrate n'avait pas à lutter contre la souffrance physique. C'est donc à Moréas que revient la palme de l'endurance, lui, dont les dernières paroles furent, en voyant entrer Silvain dans sa chambre : « Vous qui êtes comédien, mon cher Silvain, venez voir la Comédie qui se joue autour de moi. C'est une petite comédie. »

Il n'ouvrit plus la bouche ensuite que pour dire : « *Je veux aller dans cette vallée...* » Il ne put achever. Sa gorge s'étranglait de cris inarticulés. La mort faisait son œuvre. Son supplice dura près d'une heure avant de lui tirer le dernier soupir.

Quelle est cette vallée dont il parlait ? Une vallée de son pays, sans doute, ou n'était-ce pas plutôt la vallée Élyséenne où se promènent les ombres bienheureuses et le fantôme des grands poètes ?

J'ai vu moi-même Moréas sur son lit de douleur, et je demeurai surpris de sa sérénité d'esprit.

Je m'attendrissais sur lui. Il ne me parlait que de moi-même. Un jeune poète, cherchant à lui déguiser son état, lui disait : « Vous serez bientôt rétabli, cher Maître. Voici le printemps que vous pourrez célébrer à loisir. » A quoi Moréas répondit doucement :

— « Vous oubliez, mon ami, que, depuis longtemps, je ne chante plus que l'automne ? »

Lorsqu'il se sentit irrémédiablement perdu et près du fatal dénouement, son premier soin fut de faire mander en toute hâte un barbier du voisinage.

On s'étonnait d'un soin si futile, en pareille circonstance. Il donna, pour raison, qu'il voulait « paraître beau devant la mort ».

C'est l'horreur de la décomposition lente et des pourritures de la tombe qui lui conseilla de se faire incinérer. Il ne pouvait supporter la laideur.

Il lui arriva, comme à toutes les notoriétés de lettres, d'être caricaturé dans les journaux. Il en souffrait, disant ne vouloir laisser de lui, imprégnée dans les esprits, qu'une image laurée et triomphante.

Et c'est ici le lieu de rappeler ces émouvantes et clairvoyantes paroles de Maurice Barrès auxquelles je faisais allusion tout à l'heure :

« Ce que j'ai vu de courage, au chevet de l'agonie de Moréas, garantit authentique, la vérité de son œuvre. Lui prêtions-nous assez d'autorité, alors qu'il nous récitait :

*Ne dites pas la vie est un joyeux festin,*

et toute la suite, ou bien encore :

*Eau printanière, pluie harmonieuse et douce....*

« Savions-nous y goûter mieux qu'une heureuse réussite d'harmonie ? Nous voilà obligés maintenant de saisir l'étroite cohésion de l'homme et de l'œuvre. Dans le rythme de ses meilleurs poèmes, on doit reconnaître les pulsations d'une âme.

« L'étrange ami, qui vivait parmi nous du revenu d'une petite maison de Patras, nous présentait autre chose que les manières courtoises d'un gentilhomme de là-bas. Quoi donc ? Un ensemble de règles de vie, une philosophie religieuse sommaire, l'expression harmonieuse d'une façon orientale de goûter la vie. Dans sa mort, bien que nous ayons personnellement le goût d'une autre fin, nous respectons un effort raisonné vers une certaine perfection, et la fumée noirâtre du colombarium, quand nous l'avons vue s'élever dans le ciel, nous apportait mieux qu'une émotion physique vulgaire ; elle était, devant notre esprit, chargée de sens ; elle nous remémorait de la manière la plus tragique, la double stance, le mince *credo* de notre ami :

*Compagnes de l'éther, indolente fumée,*
*Je te ressemble un peu :*
*Ta vie est d'un instant ; la mienne est consumée,*
*Mais nous sortons du feu.*

*L'homme, pour subsister, en recueillant la cendre,*
*Qu'il use ses genoux !*
*Sans plus nous soucier et sans jamais descendre,*
*Évanouissons-nous !*

## JEAN MORÉAS : *LE POÈTE*

### I

### SES ÉVOLUTIONS LITTÉRAIRES. DU SYMBOLISME A L'ÉCOLE ROMANE.

Moréas avait composé des vers français de bonne heure.

J'ai dit que son éducation avait été toute française. Une partie de son enfance s'était écoulée à Marseille, sous la direction d'une gouvernante, « jeune femme de goût, très instruite », tante de M. Dumény,l'acteur connu. Il n'ignorait pas nos poètes. « Je n'avais pas encore dix ans, confiait-il plus tard à un rédacteur du *Temps*, que je m'étais promis de chanter, comme eux, sur une lyre française. »

Ainsi s'explique la connaissance parfaite qu'il avait de notre langue.

Il avait intercalé des vers français dans le recueil de vers grecs, qu'il avait fait imprimer à Athènes, en 1878, intitulé : *Trugones kai Ekidnai* (Tourterelles et vipères), recueil devenu introuvable, mais nous savons par M. Jacques Patin [1] qui l'a tenu entre les mains, que ce mince recueil, à couverture jaune et à titre rouge, portait, pour épigraphe, des vers de Victor Hugo :

*J'ai des ailes pour la tempête*
*Et pour l'azur...*

« Cinq poèmes français, dit M. Jacques Patin, s'y insèrent, par intervalles, et réunissent ces pièces (grecques), comme les gros grains pour les dizaines de chapelets ». M. Patin[1] nous cite quatre de ces poèmes, dont voici l'un :

UN SOUVENIR

*Dans un petit bois solitaire,*
*Ils allaient, la main dans la main,*
*Plein de repos et de mystère,*
*Serpentait devant le chemin.*

*Ils allaient, goûtant la suprême,*
*L'exquise douceur des amours ;*
*ELLE disait tout bas ; « Je t'aime ! »*
*Et LUI répondait : « Pour toujours ! »*

*Dans un ciel pur et sans nuages,*
*L'étoile de Vénus brillait,*
*Et sous le berceau des feuillages*
*Le rossignolet gazouillait.*

*Mais... soudain l'étoile amoureuse*
*Pâlit au fond du firmament,*

1. *Le Souvenir de Jean Moréas (Figaro,* 31 mars 1928).

*Et dans la touffe ténébreuse*
*Se tut le doux gazouillement.*

*Ainsi cet amour illusoire*
*Hors de leurs cœurs a pris son vol*
*Et s'est perdu dans leur mémoire,*
*Comme le chant du rossignol.*

En voici un autre :

TRIOLET

A Mlle B...

*Qu'il était doux, ce long baiser*
*Qu'un soir j'ai cueilli sur ta lèvre,*
*Promettant de ne pas jaser ;*
*Qu'il était doux, ce long baiser !*
*Je ne savais comment oser :*
*Je frissonnais, j'avais la fièvre...*
*Qu'il était doux, ce long baiser*
*Qu'un soir j'ai cueilli sur ta lèvre !*

Ces *Juvenilia* n'ont d'autre intérêt que d'être signées Moréas. C'est aussi innocent d'inspiration que de facture. Il y a, pourtant, une pièce intitulée *Spleen* qui se ressent de l'influence de Baudelaire :

*L'ennui sur mon front blême a planté son drapeau,*
*Comme un vainqueur de sang et de massacre avide ;*
*Dans des prés venimeux va paître le troupeau*
*De mes illusions, et mon âme en est vide.*

*Un château s'élevait dans un îlot lointain ;*
*Là, de rubis et d'or resplendissaient les grèves !...*
*Mais il était bâti de briques : un matin*
*S'écroula le château, le château de mes rêves.*

*Le cœur saignant, rongé par un dégoût profond,*
*Perfide volupté, redoutable chimère,*
*J'ai bu, pour me guérir, dans ta coupe sans fond,*
*J'ai bu jusqu'à l'ivresse, et j'ai la bouche amère.*

*Et je ne veux plus rien ni désirer, ni voir ;*
*Je meurs silencieux, plongé dans les ténèbres,*
*Où le doute, l'ennui, le morne désespoir,*
*Vomissent le poison par leurs gueules funèbres...*

Et comme le note M. Jacques Patin, cette influence est plus sensible encore dans les deux derniers quatrains du poème intitulé : *L'amour qui tue :*

*L'amour que je ressens pour toi, pâle maîtresse,*
*Me ronge l'âme ainsi qu'un étrange remord ;*
*Je m'éteins lentement, et sans qu'il y paraisse,*
*Tes charmes infernaux me roulent vers la mort.*

*Pourtant, je viens encore implorer la caresse*
*De ta griffe opaline et ton baiser qui mord ;*
*Laisse-moi savourer la fascinante ivresse*
*Qui coule de tes yeux comme un philtre âcre et fort.*

En tout cas, l'on ne peut refuser à ces derniers poèmes une sorte de vertu prophétique. On dirait qu'avec ces vers :

*Je meurs silencieux, plongé dans les ténèbres.*
. . . . . . . . . . . . . . . . . . . . . . .
*Je m'éteins lentement et sans qu'il y paraisse.*

Moréas ait eu la prescience de sa destinée. Ils ne correspondaient à rien à l'âge où il les écrivait. Ce n'était pas autre chose que de la littérature. L'avenir devait se charger de les justifier. On les retrouvera dans les *Stances*, où ils prendront leur forme définitive.

Quand Moréas vint à Paris, on commençait, dans les cénacles avancés, à parler de Paul Verlaine et de Stéphane Mallarmé. On y parlera, tout à l'heure, de Rimbaud, mais le poète du jour était Jean Richepin. La rumeur soulevée par la *Chanson des gueux* ne s'était pas encore calmée. Elle avait fait surgir un flot d'imitateurs et la mode allait aux formules « brutalistes ». L'argot prenait, au Parnasse, droit de cité. Moréas suivant la passion de la mode, écrivit, alors, quelques poèmes d'une note plutôt réaliste. Il y chantait les choses et les gens de Montmartre :

*Là, sur le trottoir, où raccroche la gouine,*
*Pour payer du pétrole au dos-vert avili.*

Il ne s'y attarda guère. Son instinct eût tôt fait de l'orienter vers d'autres voies. Il cultivait plus que jamais Baudelaire. Baudelaire avait, chez nous, de nombreux partisans, mais les poètes du *Chat-Noir*, Goudeau en tête, n'exploitaient guère que sa veine macabre et faisaient fleurir la poésie autour de la Morgue et des Charniers. Rollinat composait ses *Névroses*, dont il récitait partout des fragments. Ces poèmes maladifs, pleins de spectres et d'épouvantements, agissaient fortement sur les nerfs des auditeurs, par la façon dont il les récitait ou les chantait au piano avec « une face de terreur et d'agonie. »

Or, Moréas avait pour la putréfaction, les squelettes, la laideur, l'aversion des gens de sa race. Il se reprochera même bientôt d'avoir exhalé des accents pessimistes dans ses vers de jeunesse, alors

*Que son âge allait plus éclairci que l'eau*
*De la source matutinale en sa rigole de gravier.*

C'est qu'il était sous l'empire de Baudelaire. Il abjura vite cette religion de la douleur, pour proclamer que le but suprême du poète est :

*De couvrir de beauté la misère des choses.*

Et tandis qu'il avait, dans son âge mûr, de plus justes raisons de se lamenter, il n'aura plus souci en écrivant *le Pèlerin passionné* que d'évoquer des images souriantes :

*Ore, je vais vous dire*
*La folâtre Amarylle et le joyeux Tityre.*

Moréas, à l'inverse de ses coreligionnaires, s'était vite dégagé des bas-fonds des *Fleurs du Mal*, pour en gravir les sommets, et s'éblouir uniquement de leur sens spirituel :

*Loin des villes, je veux, sur les falaises mornes,*
*Secouer la torpeur de mes obsessions ;*
*Et mes pensers, pareils aux calmes alcyons,*
*Monteront à travers l'immensité sans bornes.*

Il avait longuement médité le sonnet des *Correspondances*. Et ce fut la pierre sur laquelle il édifia une esthétique neuve à laquelle il donna le nom de « Symbolisme ».

Que faut-il entendre exactement par « Symbolisme » ? Ce fut une protestation contre le naturalisme, alors triomphant, une reprise de l'idéal sur les doctrines matérialistes. Ce fut, surtout, comme le constate Henri de Régnier, un état d'esprit, mais ce fut aussi « un mouvement de réforme et de refonte poétique. »

« Il s'agissait, dit M. Henri de Régnier, d'éliminer de la Poésie certains éléments dont elle avait abusé et de lui en incorporer d'autres qui lui avaient été jusqu'alors étrangers ou qu'elle n'avait admis que parcimonieusement et comme par hasard, de la rendre plus musicale qu'elle n'avait été, de la dépouiller des sentimentalités éloquentes où elle s'était trop complue, de l'assouplir des rigidités plastiques où elle s'était roidie, de l'affranchir du pittoresque pour la vouer davantage au service de l'idée, de dissimuler les réalités originelles sous les voiles de l'allusion et sous la dignité des symboles, de lui apprendre à traduire les mouvements du cœur par leurs équivalents intellectuels et à regagner les mystérieuses régions du songe d'où elle était trop descendue vers la vie. »[1]

C'est ce que disait Moréas dans sa préface du *Pèlerin passionné*, mais d'une façon moins claire et dans une langue qui se ressentait de la préciosité du temps. Il voulait un art faisant appel à la suggestion, n'allant jamais jusqu'à « la conception de l'idée en soi, mais la laissant deviner sous la somptueuse simarre des analogies extérieures ». Il n'admettait plus qu'une « idéologie sentimentale, vivifiée de plasticités musiciennes » et se louait de ses témérités rythmiques, où il « accordait des symphonies adéquates à la pensée, exprimée par un lacis de vers inégaux ».

C'est donc sous l'étiquette symboliste que se pré-

1. Le *Figaro*, 11 octobre 1927.

sentait le *Pèlerin passionné* et c'est ainsi qu'il fut salué et fêté, dans un banquet resté célèbre, comme le chef-d'œuvre de l'école. Pour ce qui est du fond de la doctrine, Moréas se réclamait de Baudelaire, de Paul Verlaine et de Mallarmé, mais ce qu'il y apportait d'original, c'était le souci de poursuivre « pour les transfigurer dans le principe de l'âme moderne, la communion du moyen-âge et de la Renaissance française ».

Il avait, en effet, de bonne heure, fréquenté nos vieux poètes.

En quittant Athènes, il laissait une bibliothèque de deux mille volumes, composée en majeure partie de leurs œuvres. Et tandis que la plupart des poètes nouveaux cherchaient à se créer un style original, en le chargeant de néologismes, lui, instruit de nos vieux fabliaux et des secrets de la linguistique, n'usait que d'archaïsmes. Il se plaignait, comme Fénelon et La Bruyère, que, depuis le XVI$^{e}$ siècle, la langue française se fut appauvrie et desséchée.

« Il est vrai, confessait-il, que la révolte romantique a regénéré un vocabulaire qui dépérissait, d'une multitude de termes proscrits. Mais n'ont-ils pas pêché, ces d'ailleurs admirables romantiques, le plus souvent par une syntaxe décousue, je dirai sans race ? Pour qui sait, dans notre littérature médiévale, un riche héritage se recèle. Ce sont les grâces et mignardises de cet âge verdissant, lesquelles, rehaussées de la vigueur syntaxique du XVI$^{e}$ siècle, nous constitueront — par l'ordre et la liaison inéluctable des choses — une langue digne de vêtir les plus nobles chimères de la pensée créatrice. »

Moréas, à cette époque, admirait les romantiques,

mais il faisait allusion, dans sa préface, aux hauts dons de Malherbe. Tous ces noms consacrés : La Fontaine, Fénelon, La Bruyère, qu'on était si peu habitué à rencontrer dans les proclamations de foi du temps, sonnaient, chez lui, comme un avertissement de son évolution prochaine.

Le symbolisme, doctrine idéaliste, avait provoqué, chez les âmes délivrées, une belle explosion d'enthousiasme. « Ses ambitions, dit encore M. Henri de Régnier, étaient fort belles et allaient fort loin » mais il constate lui-même qu'elles ne se sont pas toutes réalisées, encore qu'elles se soient réalisées chez lui mieux que chez tout autre

Le malheur, c'est que beaucoup de poètes nouveaux se réclamaient du symbolisme pour rejeter toute contrainte, renier l'héritage accumulé des siècles, discréditer nos vieux maîtres et, dans leur fureur d'indépendance, allaient jusqu'à briser les lois du rythme et de la syntaxe Ils disaient du symbolisme ce que Victor Hugo disait du romantisme : « C'est la liberté ! » Or, la liberté dégénère vite en licence. Ceux-là seuls des poètes symbolistes ont survécu, qui, comme M. Henri de Régnier, ont été maintenus dans de justes limites, par la seule force de leur instinct

Moréas, considérant ce qui se publiait, autour de lui, d'extravagances au nom du symbolisme, s'en effraya. Il fit son profit de la remarque de Montaigne, visant les précieux de son temps :

— *Ils sont assez hardis et dédaigneux pour ne suivre pas la route commune, mais faute de discrétion les perd. Il ne s'y voit qu'une misérable affectation d'étrangeté, des déguisements froids et absurdes qui, au lieu d'élever, abattent la matière. Pourvu qu'ils se gorgiassent en la nouvelleté, il ne leur chaut de l'efficace. Pour saisir un nouveau mot, ils quittent l'ordinaire, souvent plus fort et plus nerveux.*

Et sans méconnaître l'importance du mouvement symboliste, Moréas n'y vit plus qu'un « phénomène de transition ». Le symbolisme avait taillé. Il fallait recoudre. Et c'est pourquoi, se haussant une nouvelle fois au rôle de dictateur, le poète promulgua le statut roman.

Sa pensée ayant d'abord été mal comprise, et défigurée par des journalistes, il la précisa ainsi dans une lettre au *Figaro* :

« L'*École romane française* revendique le principe gréco-latin, principe fondamental des lettres françaises, qui florit aux XI^e^, XII^e^, XIII^e^ siècles avec nos trouvères ; au XVI^e^ avec Ronsard et son école ; au XVII^e^ siècle avec Racine et Lafontaine.

« Aux XIV^e^ et XV^e^ siècles, ainsi qu'au XVIII^e^, le principe greco-latin cesse d'être une source vive d'inspiration et ne se manifeste que par la voix de quelques excellents poètes, tels que Guillaume de Machaut, Villon et André Chénier.

« Ce fut le romantisme qui altéra ce principe dans la conception comme dans le style, frustrant ainsi les Muses françaises de leur légitime héritage.

« L'*École romane française* renoue la chaîne gallique, rompue par le romantisme et sa descendance parnassienne, naturaliste et symboliste.

« J'ai déjà expliqué ailleurs [1] pourquoi je me sépare

1. *La Plume* (1891). Il disait s'en séparer parce qu'il estimait que cette doctrine, trop influencée d'éléments étrangers, allait à l'encontre de nos traditions nationales.

du Symbolisme que j'ai un peu inventé. Le Symbolisme, qui n'a eu que l'intérêt d'un phénomène de transition, est mort.

« Il nous faut une poésie franche, vigoureuse et neuve, en un mot, ramenée à la pureté et à la dignité de son ascendance. C'est dans ce noble but que les poètes Maurice du Plessys, Raymond de la Tailhède, Ernest Raynaud et le savant critique Charles Maurras sont venus à moi ; non en escorte, mais pour avoir trouvé dans mon *Pèlerin passionné*, les aspirations de leur race et notre commun idéal de romanité. »

Et quelques mois plus tard, il écrivait dans la *Plume*, pour se justifier de certaines accusations :

« Lorsqu'il y a un an, j'ai publié le *Pèlerin passionné*, c'est au nom du Symbolisme qu'il a offert la bataille, mais personne, ni le public, ni les symbolistes, ni moi ne pouvait se tromper sur l'exacte signification de mon livre. Et maintenant, celui qui voudra me reprendre de ma pusillanimité, qu'il songe comme il est douloureux de désavouer sa jeunesse, de rompre avec des amis dont on déplore l'erreur, mais qui demeurent chers. Depuis, de jeunes poètes, indemnes de la contagion symboliste, me firent comprendre qu'il n'y a aucune noblesse à perpétuer un mensonge par noblesse de cœur. Alors j'ai parlé avec franchise. Je ne me repens point.

« Entre ces jeunes hommes, Maurice du Plessys fut le premier à discerner, dans *les parties saines* du *Pèlerin passionné* ce renouveau de la tradition classique auquel aspirait son propre instinct. »

Je n'ai pas souligné sans intention, ces mots : *les parties saines*. C'est donc que Moréas, révélé à lui-même par les avis de Maurice du Plessys et de quelques amis, reconnaissait qu'il subsistait, dans son recueil, des traces de la fausse esthétique et des travers du temps. Il en renia vite certains poèmes, qu'il fit disparaître de la seconde édition. Et si, par la suite, il laissa son éditeur les réunir en plaquette, ce fut sous ce titre : *Autant en emporte le vent*, révélateur du peu de cas qu'il en faisait désormais. Il se mit en devoir d'illustrer sa doctrine nouvelle avec deux poèmes : *Enone au clair visage* et *Eriphile*. Là, encore, il demeurait à mi-chemin de son évolution classique. Il est vrai qu'il s'y montrait plus près de Racine que de Ronsard, mais il usait toujours de certaines libertés prosodiques. Il n'avait complètement répudié ni l'apocope ni le hiatus. A preuve, ces vers d'*Enone* :

*Et toujours la Victoire, amante des combats*
*Sera forgé' pour nous des Cyclopes nu-bras.*

. . . . . . . . . . . . . . . . . . . . . .

*Le troisième satyre, assis sur un coupeau,*
*Fit tant jouer ses doigts qu'il en sortit un son*
*Et menu et enflé...*

A preuve encore ces vers d'*Eriphile* :

*Ainsi, écoute : Le souci*
*D'une ceinture dorée*
*Ne m'a vaincu' comme l'ont conté*
*Des bouches abusées.*

. . . . . . . . . . . . . . . . . . . . . .

On trouve encore, dans ces deux recueils, des tours archaïques des assonnances, des inversions osées :

*Je n'ai pas dans le miel les dents du lynx dissoutes.*

Et, même, des vers de treize pieds :

*Des vers latins chantés sur la lyre de Lesbos.*

Moréas finit par se rendre compte que ce n'était là qu'un jeu puéril. « J'ai renoncé au vers libre, disait-il, parce qu'il tient trop à la matière. » Il renonça de même aux archaïsmes. A force d'avoir pâli sur nos vieux lyriques, il saisissait enfin le lien qui, de Rutebœuf à André Chénier, laisse transparaître, sous leur diversité, comme un air de famille, le signe de la race, je veux dire : l'Humanisme.

Et s'il les avait lus d'abord, uniquement pour leur dérober des expressions et des tours périmés, dont il voulait enrichir son vocabulaire, il ne pouvait manquer d'être sensible à l'esprit qui les avait dictés.

Il n'eut plus, dès lors, qu'une préoccupation : se dépouiller de son faix d'érudition pour n'en conserver que l'expérience. Il rejeta le style émaillé dont il avait usé plus ou moins jusque-là, pour aboutir à ce parler net et franc des *Stances*, qui se prête mal aux divagations, aux « propos de la Chimère bombinant dans le vide » et qui n'est, chez l'écrivain, qu'un effet de scrupule et de droiture.

C'est alors qu'il prit révélation de « cet art sublime, consacré par les noms de Sophocle, Virgile, Malherbe, Racine, La Fontaine, Chénier », au prix duquel tout autre, pensait-il, n'est que singerie puérile ou barbarie.

Il ambitionna de rendre notre poésie à son caractère national et à ses naturelles aspirations. Et la meilleure preuve que ce retour sévère à la tradition était salutaire, c'est qu'il s'en est suivi le chef-d'œuvre des *Stances*.

On a dit que la perfection des *Stances* préexistait dans les premiers vers de Moréas. C'est exact. On la respire jusque dans certaines pièces des *Syrtes*, son recueil de début, mais elle ne s'y manifeste encore que par à-coups et d'instinct. Trop d'influences ennemies se disputaient le poète pour qu'il ait pu la reconnaître d'emblée.

Il lui avait fallu refaire, pas à pas, le cycle de notre littérature, avant d'en recevoir l'illumination consciente.

## II

# LE MIRACLE GREC

La prodigieuse réussite des *Stances* s'explique par ce fait que Moréas était né au pied de l'Acropole et qu'il portait, fortement gravée au cœur, l'image de Pallas.

— « *Quand j'ai vu la Seine,* disait-il, *j'ai compris pourquoi les dieux m'avaient fait naître à Athènes.* »

On sait le rôle primordial qu'a joué la Grèce dans l'histoire de la civilisation. Il n'est rien, dans le domaine de l'Idée, qui n'ait été proclamé ou pressenti par elle. Elle a réalisé, en art, un point de perfection qui n'a jamais été surpassé.

— « *Souvenez-vous,* disait Cicéron à Quintus, nommé gouverneur en Archaïe, *que vous allez commander à des Grecs, qui ont civilisé tous les peuples, en leur enseignant la douceur et l'humanité et à qui Rome doit toutes les lumières qu'elle possède* ».

Un siècle plus tard, Pline faisait les mêmes recommandations à son ami Maxime, dans les mêmes circonstances.

Il ne s'agit plus de commander aux Grecs, qui ont

su reconquérir leur indépendance. Nous leur devons même aujourd'hui d'avoir sauvegardé la nôtre, puisque, dans la guerre mondiale, ce sont des volontaires grecs, qui, sous l'impulsion de Venizelos, ont réussi à percer, les premiers, le front ennemi, en Orient, ce qui ne peut que nous les rendre plus chers.

Le jour où Renan mit le pied dans Athènes, il eut la révélation du divin, et connut que tout ce qu'il avait admiré jusque-là n'était rien en comparaison du « miracle grec ». Une brusque révolution se fit en lui.

Il ne vit plus, dans l'Orient, que charlatanisme et imposture ; dans Rome, que caricature et grossièreté. Charlemagne prit à ses yeux, figure de gros palefrenier allemand, et nos chevaliers, de lourdauds dont Thémistocle et Alcibiade eussent souri.

Si, pendant mille ans, le monde fut replongé dans les ténèbres, c'est parce que la Grèce agonisait aux mains des Turcs, et que le monde avait oublié sa leçon.

Une mince lueur en subsistait, celle d'Aristote, qui, traversant tout le moyen âge, nous sauva du naufrage complet.

Au seizième siècle, l'horizon s'éclaircit. Amyot découvre Plutarque, et c'est dans sa traduction que, désormais, les Français, pendant deux siècles, apprendront à lire.

Les manuscrits grecs retrouvés, celui d'Anacréon entre autres, suscitent Ronsard et le mouvement lyrique de la Pléïade. La poésie française est née. La philosophie va naître.

Gerson, hellénisant subtil, avait déjà fortement

sapé les fondements de la Scholastique. Rabelais, autre helléniste éminent, lui porte le coup de grâce, en s'en moquant.

Montaigne, instruit par Socrate, ramène du ciel, où elle perdait son temps, la philosophie, pour lui faire reprendre pied à terre.

En la séparant de la théologie, il fait œuvre utile et déblaie le terrain. Descartes peut venir.

C'est également d'un mot de Plutarque que la Boétie, préparant les voies à Montesquieu, à Voltaire et à Rousseau, s'autorise, pour écrire son *Traité de la Servitude volontaire*, premier cri de révolte des consciences opprimées.

Au dix-septième siècle, la Grèce prend possession de la scène française avec la tragédie, renouvelée de Sophocle et d'Euripide, et la comédie, renouvelée de Ménandre.

La Bruyère emprunte à Théophraste l'idée de ses *Caractères*. Boileau traduit le *Traité du Sublime* de Longin. Bossuet apprend l'éloquence chez Démosthène. Fénelon se nourrit d'Homère. La Fontaine exploite Esope. Le génie grec féconde et vivifie nos arts. Ses dieux, triomphants, trônent aux plafonds de Versailles et peuplent ses jardins.

Si la littérature romaine connaît aussi la faveur publique, ce n'est qu'en sa qualité de reflet grec. L'excellence de la doctrine hellénique est reconnue à ce point qu'elle sert de base à l'éducation et que l'étudier s'appelle « faire ses humanités ».

Après les guerres de la Révolution et de l'Empire, un fléchissement se produit. Le contact avec les nations barbares, l'attrait pervers de la nouveauté, nous font renier, un temps, la clarté palladienne pour les brouillards d'Ossian. Nous payons notre faute d'un recul d'influence dans le monde et de l'abaissement des caractères. Le retour de l'art gothique alarme les consciences. Le mouvement romantique risque d'y avorter. Heureusement, les dieux veillent. Sainte-Beuve déterre Ronsard de l'oubli, et, avec Ronsard, l'esprit grec, dont il s'est inspiré, transfigurant le romantisme, y insère un élément viable. Une voix sortie des tombeaux vient à la rescousse : celle d'André Chénier.

En proclamant la supériorité du génie grec, cette voix salutaire nous force à renouer la tradition perdue. Au même moment, le manuscrit de Longus, miraculeusement retrouvé : *Daphnis et Chloë*, confirme les esprits dans l'orientation juste, et fait refleurir le roman pastoral. Des événements nouveaux se préparent. Les Grecs se soulèvent contre les Turcs, et l'enthousiasme que ce geste déchaîne dans le monde prouve que l'élite des esprits leur est acquise. Casimir Delavigne écrit les *Messéniennes*. Hugo jette son applaudissement sonore. Byron fait mieux : il s'élance au secours des opprimés. Jamais la Grèce n'a si fort possédé les cœurs. Partout, se multiplient les images d'Homère. Ingres dessine son apothéose.

La sculpture, qui comptait déjà ses Canova, ses Thorwaldsen et ses Pradier, disciples de Praxitèle, fait surgir un Olympe nouveau. Renan écrit sa *Prière sur l'Acropole*. En Angleterre, Keats nous ramène aux bords arcadiens. En Allemagne même, où Goethe a dressé la statue d'Hélène, Nietzsche va venir, qui s'exaltera du rythme dyonisien. Chez nous, Banville s'emploie à remettre sur l'épaule des dieux la pourpre insultée. Théophile Gautier célèbre le Parthénon. C'est du mythe hellénique que s'inspirent les parnassiens. Verlaine lui-même va rêvant :

*Et de Salamine et de Marathon*
*Sous l'œil clignotant des bleus becs de gaz.*

La Grèce n'est pas seulement le salut du monde, elle en est le sourire. C'est ce que marque notre République lorsqu'elle se décore de l'épithète « athénienne ». Elle y voit un souci d'urbanité et de noble élégance.

Chaque fois qu'une institution malade, chez nous, réclame un secours, c'est la Grèce qui le lui offre. Nous nous plaignons de nos nerfs surmenés, la Grèce, mère des athlètes, nous enseigne la culture physique. Nous nous plaignons de nos écoles tristes et nues, un philosophe grec, Speusippe, souffle à M. M. Couyba et Léon Riotor l'idée de l'école ornée et fleurie. L'*Art à l'école* existait à Athènes. Il y a mieux. Nous nous figurions Gobineau et Nietzsche des esprits originaux. Tous deux se sont appliqués à définir des qualités spécifiques du « Surhomme » du « Fils de Roi ». Or, voici M. Camille Spiess, un savant génevois, qui découvre que la définition la plus parfaite s'en trouve chez Platon.

Et quand, à la fin du siècle dernier, le désordre s'étais mis au Parnasse français, la Grèce nous a délégué un grand poète, pour y rétablir l'harmonie.

Ce grand poète, c'était Jean Moréas « l'athénien honneur des Gaules » qui pouvait s'écrier à bon droit :

*Moi, que la noble Athènes a nourri*
*Moi, l'élu des nymphes de la Seine,*
*Je ne suis pas un ignorant dont les Muses ont ri.*

. . . . . . . . . . . . . . . . . . . .

*Car, par le rite que je sais,*
*Sur de nouvelles fleurs les abeilles de Grèce*
*Butineront le miel français.*

— Jean Moréas, dit M. Sebastien-Charles Leconte, a renouvelé le miracle d'André Chénier.

André Chénier n'était grec que par sa mère. Moréas l'était tout entier.

— Ses vers, dit Rémy de Gourmont, ont quelque chose d'attique, qui, sans lui, manquerait à la poésie française.

Et Marcel Coulon note justement que Moréas est celui de tous nos poètes qui a usé de la mythologie avec le plus de naturel. Ce qui n'était, chez les autres, que le fruit de la culture est, chez lui, fruit de l'atavisme.

# II

# LES STANCES

# I

## L'HISTORIQUE DES *STANCES*

Les *Stances* de Jean Moréas se composent de sept livres. Outre que le poète s'était attelé, dans l'intervalle, aux tragédies d'*Iphigénie*, d'*Ajax*, de *Philoctète*, œuvres de longue haleine, dont la première seule fut terminée, et que la nécessité le pressait de fournir sa collaboration régulière à la *Gazette de France* et à diverses revues, pour en tirer sa matérielle, une mort prématurée ne lui a pas permis de les conduire au nombre de neuf (le nombre des Muses) qu'il s'était assigné.

Les deux premiers livres ont été publiés par *La Plume* (avril 1899) en édition de luxe, limitée à 100 exemplaires, réservés aux seuls souscripteurs. C'était, sur papier Japon, in-8° jésus, la reproduction typographique du manuscrit original de l'auteur, ornée de son portrait par La Gandara.

L'année suivante, *La Plume* donnait quatre autres livres des *Stances*, en édition courante. Le VII$^{e}$ livre n'a paru en librairie qu'en mars 1920 (édition Bernouard), dix ans après la mort du poète, mais des extraits en avaient été publiés, de son vivant, dans *le Figaro* (décembre 1903) le jour même de la représentation d'*Iphigénie* à l'Odéon [1].

En choisissant ce simple titre de *Stances*, Moréas entendait réagir contre la manie des titres racoleurs, la plupart extravagants ou prétentieux, qui sévissait alors chez la gent littéraire. Le même souci lui avait inspiré, pour l'un de ses recueils de prose, le titre tout nu de *Feuillets*. Il avait projeté d'en intituler un autre : *Mélanges*, et il inscrivait tout bonnement la série d'articles qu'il donnait à la *Plume* sous cette rubrique familière : *De fil en aiguille*.

1. Il a paru, en 1922, aux éditions de la *Douce France*, un VIIIe livre des *Stances*, qui n'est qu'une œuvre apocryphe, d'une imitation si maladroite qu'aucun lecteur avisé ne s'y pouvait tromper. On y trouvait des vers d'une facture trop strictement parnassienne :

*Les plis azuréens d'un manteau diapré*
*De la fleur de lis d'or et de l'abeille blonde.*

d'une note trop réaliste :

*Bâtisseurs de trottoirs, qui dormez sous vos bâches !*

ou d'une allure trop disgracieuse :

*Et la corde à beaucoup aura répondu : Non !*

pour être sortis du Moréas des *Stances*. Et, jamais Moréas n'aurait osé dire du laurier : *Il m'échauffe par en dedans*, ce qui confine au jargon. D'ailleurs la supercherie se trahissait par des traits d'une ironie évidente, comme :

*Je n'ai jamais aimé personne que moi-même.*

vers dignes d'aller rejoindre dans l'oubli celui que le normand Léo Trézenick prêtait jadis, par gouaille, au poète :

*Je ne porte jamais sur moi qu'un seul cigare,*

pour le reprendre de fumer des cigares en sa compagnie sans daigner lui en offrir.

— « La matière d'un livre, seule importe, disait-il, et non son étiquette. »

Moréas voulut réhabiliter la *Stance*, alors tombée en désuétude, mais où avaient excellé nos poètes des XVI$^{e}$ et XVII$^{e}$ siècles, qui en avaient pris le modèle en Italie. Il se souciait, toutefois, de la moderniser, car il avait complètement rompu, à cette époque, avec l'archaïsme du *Pèlerin passionné*[1] et d'y mettre sa griffe, comme il avait déjà fait pour l'ode, l'élégie et le sonnet.

Un jour que je lui vantais la *Stance* de Racan :

*Tircis, il faut songer à faire une retraite...*

et celle de Maynard :

*J'ai montré ma blessure aux deux mers d'Italie.*

Moréas me dit :

— Certes, ces stances ont leur mérite, mais s'apparentent trop, à mon gré, au ton de l'élégie. Ce sont de véritables discours. Les stances de Malherbe, elles-mêmes, si justement admirées, ne sont que des morceaux de bravoure. Je veux faire tout autre chose. Je rêve d'une stance plus concise. Je voudrais rejeter tout développement inutile, fondre d'un trait l'idée et le sentiment, et ramener le poème à ses éléments

1. C'est ce qu'avait oublié le faussaire du VIII$^{e}$ livre des *Stances* en attribuant ce vers à Moréas :

*Entre ce signe inclyte et cet alme symbole.*

Il y avait déjà longtemps que le poète avait rayé ces mots : *alme, inclyte,* de son vocabulaire.

essentiels. Je voudrais que ma stance ne pesât pas plus qu'un soupir et qu'elle se manifestât avec la précision et la brièveté de l'éclair.

C'est effectivement l'impression que l'on reçoit des *Stances* de Moréas.

Le poète logeait, alors, rue de Coulmiers, dans le quartier du Petit-Montrouge, à proximité de la porte d'Orléans qu'il a célébrée à maintes reprises :

*Lieux où mes lentes nuits aiment à s'écouler,*
*O chère porte !...*

A la vérité, les lentes nuits de Moréas s'écoulaient aussi ailleurs, car c'était un noctambule enragé, mais il retrouvait sa « chère porte » tous les matins avec une émotion nouvelle :

*Le coq chante là-bas ; un faible jour tranquille*
*Blanchit autour de moi ;*
*Une dernière flamme aux portes de la ville*
*Brille au mur de l'octroi.*

Il en affectionnait les parages. Ses notes de *Feuillets* [1] en font foi. On y trouve, à chaque instant, des aveux de ce genre :

— *Avril me plaît à la porte d'Orléans. Il est plein d'entrain.*

— *Sur la route de Châtillon, pendant l'été, le réveil du jour m'est très agréable, avec ses bruits de roues, ses envols d'oiseaux dans les haies vives.*

Sans doute, il est tels de ces aveux que l'on aurait

1. Sorte de cahier intime que Moréas écrivit concurremment aux *Stances* et qui en est comme le commentaire.

tort de prendre trop au pied de la lettre. Celui-ci, par exemple :

— *Allons, allons, je m'enferme toute une année dans mon Petit-Montrouge. Notre belle cathédrale romane est, pour moi, le bout du monde.*

Son bout du monde, c'était aussi le *Vachette*, le *Napolitain*, le *café Cardinal*, sans compter certains caveaux des Halles, mais il est incontestable que Moréas tirait d'intimes satisfactions du Petit-Montrouge et qu'il s'y cloîtrait assez volontiers, les jours où il avait la force de rompre avec ses habitudes pérégrines, ou bien quand la maladie le tenaillait, car il lui répugnait de paraître en public avec une mauvaise figure.

La rive gauche l'avait de bonne heure séduit. Il y avait vite oublié le Montmartre du temps de ses débuts à Paris. Il avait fui son bruit pour venir s'installer d'abord, rue Madame, à l'ombre des tours de Saint-Sulpice, puis dans cette silencieuse et nostalgique rue de Coulmiers, posée aux confins de la ville. C'est qu'il y avait encore, par là, des jardins, des vergers, des porches moussus, des vieux murs débordés de feuillage, et que Moréas portait une âme pastorale, prompte à s'attendrir à la vue d'un arbre ou d'une fleur :

*Ne me repousse pas, ô divine Nature*
*Je suis ton suppliant.*

Comme Jean-Jacques Rousseau, Moréas aimait à voir se lever le soleil, mais l'aurore le surprenait le plus souvent, debout, rentrant d'une randonnée aux Halles. Alors, il s'attardait, libéré de ses compagnons de plaisir, rendu à lui-même, à goûter le frisson matinal à travers les rues les plus paisibles de son quartier perdu.

Il nous confie dans *Feuillets* qu'il ne manquait jamais de stationner, un moment, au coin de la rue Giordano Bruno, sur le pont de chemin de fer de ceinture, dont la voie glisse à travers un double rideau d'acacias et se perd dans un horizon de verdure.

Il respirait, dans ces lieux, quelque chose d'agreste, avec d'autant plus de volupté qu'il sortait du tumulte âcre et fumeux des tabagies. Il s'éblouissait du moindre vestige rustique. Il y reposait ses yeux avec bonheur. Jusqu'au fond des tavernes, sa Muse « fille des cités », gardait la hantise des sentiers forestiers et des « lueurs incertaines des sauvages sous-bois. »

Il errait avec délices sous les ombrages du jardin du Luxembourg, qui lui a inspiré plusieurs stances, mais il en a composé, sur un banc du boulevard Brune, devant les talus des fortifications. D'autres lui sont venues, au cours de ses promenades dans la banlieue proche de sa demeure : Antony, Sceaux, Berny. Il en a même rapporté une (la XI^e^ du III^e^ Livre) du cimetière de Montrouge. L'idée de la mort n'était pas faite pour l'effrayer. Il la considérait avec une sorte de fatalisme oriental.

Il est aussi des Stances que Moréas a composées, assis à sa table de travail, dans ses divers domiciles du Petit-Montrouge, car il était trop versatile et trop soucieux de ses aises pour loger longtemps au même endroit. Dès qu'il s'était installé quelque part, il n'en éprouvait plus que les inconvénients.

La vulgaire maison de la rue de Coulmiers qu'il

habita d'abord, n'avait guère d'autre agrément que celui d'être suffisamment aérée, puisqu'elle se dressait devant la tranchée du chemin de fer de Ceinture, dont les talus, à cet endroit, sont plantés d'acacias, d'un côté, et de lilas, de l'autre. On y voit même de petits jardins légumiers que les hommes d'équipe entretiennent, à ras du trottoir, en bordure de la voie.

Moréas nous parle également du jardin de son voisin, l'horticulteur, qu'il pouvait contempler du haut de sa fenêtre, avec un large espace du ciel. C'est évidemment pour cela qu'il résida dans cette maison plus longtemps que de coutume, et, peut-être aussi, parce qu'y gîtaient Raymond de la Tailhède et Marcel Coulon. Il s'avisa pourtant que son logement manquait de confortable et finit par s'en aller louer, dans l'une des maisons neuves, que l'on venait d'édifier, à deux pas de là, rue d'Orléans, un appartement bourgeois « fraîchement décoré et orné de glaces », ainsi que disait l'écriteau de location.

L'immeuble en pierre de taille avait un aspect « cossu » qui flattait son goût du *décorum*.

Il y emménagea d'un cœur dispos. Son appartement se composait de plusieurs pièces, dont un salon à moulures de staff Louis XV, et une salle de bains. Moréas se flattait de le meubler en conséquence, car il ne disposait que d'un mobilier sommaire de garçon, mais il réfléchit bientôt que, vivant seul, ne recevant personne et prenant ses repas au dehors, ce serait une dépense inutile, de sorte qu'il n'en fit rien et que son installation garda le caractère d'un campement provisoire. Il n'y rangea même pas ses livres, sa seule richesse. La plupart gisaient sur le plancher, dans un désordre indescriptible. Du moins, pût-il en entasser à loisir dans la baignoire de sa salle de bains.

Au reste, il ne fut pas long à se déprendre de cet appartement si vaste qu'il s'y figurait perdu. Sa pire désillusion fut de constater qu'il n'y voyait pas clair. La rue trop étroite n'y laissait filtrer qu'un jour avare. Ses fenêtres n'avaient, pour horizon, que de hautes façades de pierre inexorablement dressées.

Alors, il émigra boulevard Brune, dans une autre maison neuve, moins imposante d'aspect, mais dont le porche, néanmoins, s'encadrait de deux silhouettes *modern-style*, deux figures de femmes, que l'on pouvait prendre pour des Muses, à cause des feuilles de lauriers qu'elles tenaient dans les mains, détail bien propre à séduire un poète. Moréas retrouvait là, juste en face de la grille d'octroi, l'espace et la lumière, mais sans doute aussi d'autres incommodités, car il n'y fit pas long feu. Il transporta ses pénates au 129 de l'avenue d'Orléans, qu'il ne devait quitter que pour entrer dans la clinique de Saint-Mandé, où il est mort.

On voit qu'en dépit de ses manies instables Moréas est toujours demeuré fidèle à sa « chère porte » puisque c'est elle encore qu'il avait sous les yeux à sa dernière adresse. Son décor forme souvent, la toile de fond des *Stances*, et leur confère l'intérêt d'un document d'époque, tant ces lieux ont changé depuis lors.

Les fortifications ont disparu. Sur leur emplacement une ville nouvelle s'est édifiée. Le boulevard Brune, où les immeubles de rapport et jusqu'à des palaces-hôtels ont pris la place des vergers et des jardins, a perdu son relent provincial, et ne se prête plus guère à la solitude et à la rêverie. La porte d'Orléans est devenue un centre d'activité trépidant. Le jour, c'est le galop précipité des travailleurs, issus de banlieue, à travers le fourmillement rageur des autobus, des taxis et des tramways ; le soir, c'est, parmi une tempête effroyable de clameurs, la ruée des oisifs, aspirés par le flamboiement des cafés et des bars, l'attraction voisine des cinémas et de Buffalo.

Le même changement s'est opéré dans la banlieue voisine dont Paris s'est déjà annexé une part. Du temps de Moréas, les jardins de la zone, dès la grille d'octroi franchie, donnaient au promeneur l'avant-goût de la campagne, qui s'étalait, tout de suite, au-delà de l'agglomération du Grand-Montrouge. Mais là, aussi, la fièvre de la spéculation est intervenue, avec moins d'intensité qu'ailleurs, il est vrai, mais non sans y exercer de mortels ravages. On y assiste, un peu partout, à l'invasion du moellon. Les échappés d'horizon se font de plus en plus rares, en attendant de disparaître tout à fait.

*
* *

Je me souviens, à la lisière de L..., d'un site charmant, où Moréas m'avait entraîné, un jour d'été. Nous y étions venus par le chemin de fer sur route d'Arpajon, que le poète utilisait souvent. Il s'y plaisait à fumer un cigare sur l'impériale, tandis qu'un riant panorama se déroulait à ses yeux. A peu de distance de la ville, des champs de culture, à perte de vue, lui donnaient l'illusion d'un voyage lointain.

Moréas m'introduisit dans un vaste et verdoyant domaine, propriété privée dont il connaissait le gardien, qui lui en laissait l'accès libre en l'absence des châtelains, courant, la majeure partie de l'année, de villégiatures en villégiatures. Nous nous y promenâmes, en devisant, tout un après-midi, en pleine solitude.

Autour du château, de noble ordonnance, un parc splendide se déroulait, orné de statues et de bassins, épaissi, par endroits, en coins de forêts.

Moréas ne se lassait pas d'admirer l'éclat des parterres et la sombre fraîcheur des fourrés. Et, partout, des roses éclataient en touffes innombrables :

*Roses en bracelet autour du tronc de l'arbre,*
*Sur le mur en rideau,*
*Svelte parure au bord de la vasque de marbre*
*D'où s'élance un jet d'eau.*

« C'est ici, me disait Moréas, au bruit des fontaines, des oiseaux et du vent, dans la mystérieuse pénombre des taillis, que j'aime à méditer le *Traité de la Sagesse* de Charron, mais mieux que de son livre encore, je tire profit de la contemplation des arbres séculaires. Regardez celui-ci : mort étouffé de lierre, et cet autre, dont la foudre a fracassé la cime, comme ils nous apprennent à nous soumettre humblement aux coups du sort ! »

Or, la fantaisie m'ayant pris récemment d'aller revoir ce domaine, comme en pélerinage, je constatai qu'il était tombé aux mains d'un industriel de lotissements. J'eus loisir d'y pénétrer, puisqu'il est devenu lieu public, mais je n'eus pas le cœur d'y stationner longtemps. On a tracé des routes à travers les pelouses et les massifs du parc. Les parterres sont en ruines, le bassin éventré, des arbres vénérables abattus. Ce qui reste d'ombrages est promis à la cognée, et la chapelle, elle-même, attend la pioche du démolisseur.

*
* *

Il est heureusement des sites de cette région de banlieue où je retrouve l'image de Moréas sans avoir à souffrir de leur déchéance. La *Vallée-aux-Loups*, autre but fréquent de ses excursions, reste intacte ainsi que la majeure partie d'Antony.

Plusieurs pages de *Feuillets* leur sont consacrés. Moréas y dit notamment :

— *Il y a dans ma vie, deux matinées un peu pluvieuses, comme je les aime. L'une c'était à Aunay, surnommée la Vallée-aux-Loups, je me tenais à la fenêtre d'une salle basse, devant un vieux mur de clôture, crevassé et couronné de lierre.*

*Quelle adorable moisissure j'aspirais là!*

*L'autre matinée, c'était à Antony, dans un jardin nouvellement planté. Je me balançais sur une escarpolette. Elle allait de travers..*

Le poète se plaisait à ces escapades champêtres, heureux d'y pouvoir oublier, tout un jour, ses relations de café. Ces tableaux d'Ile de France, alternent, dans les *Stances*, comme toile de fond, avec celui de la porte d'Orléans, dont ils ne sont d'ailleurs que le prolongement.

Certes, sous le ciel de Paris, Moréas n'a jamais

oublié celui d'Athènes, mais il y retrouvait l'image de sa mobilité d'humeurs :

*Paris, je te ressemble : un instant le Soleil*
*Brille dans ton ciel bleu, puis soudain c'est la brume.*

Et c'est là qu'il apprit à savourer, avec une sorte de frémissement sacré, le charme amer ou dolent de la pluie et de l'automne :

*O Novembre, tu sais que c'est ta feuille morte*
*Qui parfume mon cœur.*

C'est là qu'il laissait la pluie « prendre son cœur dans ses réseaux légers ». C'est là qu'il a trouvé des accents si émouvants pour chanter les marronniers citadins « qu'un bec de gaz éclaire dans les soirs pluvieux » :

*Que j'aime à contempler votre cime tranquille*
*Arbres fiers que nourrit un avare terrain !*

. . . . . . . . . . . . . . . . . . .

*Arbres de la Cité, depuis combien d'années*
*Nous nous parlons tout bas,*
*Depuis combien d'hivers vos dépouilles fanées*
*Se plaignent sous mes pas !*

## II

## L'ESTHÉTIQUE DES *STANCES*

Montaigne, citant Platon, lui emprunte l'image du poète « *assis sur le trépied des Muses, versant de furie tout ce qui lui vient en la bouche, comme la gargouille d'une fontaine, sans le ruminer ni peser, et à qui il échappe des choses de diverse couleur, de contraire substance et d'un cours rompu* ».

Il est évident que, dans l'inspiration, l'esprit cède à un mouvement de transport irréfléchi, mais, la fièvre tombée, la réflexion doit intervenir pour lier et ordonner les éléments confus du poème dicté.

Platon, lui-même, le reconnaissait ailleurs, qui énonce : « Le génie c'est la mesure. » Les meilleurs poètes de tous les temps prouvent que l'Art, bien loin de nuire à l'inspiration, en est le correctif nécessaire, et que, sans lui, il ne se produit que des œuvres imparfaites et périssables.

C'est la qualité de facture qui établit la hiérarchie des poètes et consacre la suprématie des chefs-d'œuvre.

Le mérite des Parnassiens est d'avoir souligné ce rôle de la technique en Art, et d'y avoir vu la sauvegarde du poète. Ils avaient, sous les yeux, l'exemple des derniers romantiques courant à leur perte, par leur imprudence et leur manie de ne vouloir tenir compte que du flot désordonné de l'improvisation.

Le Symbolisme, dans l'ensemble, n'étant qu'une variété du romantisme, risquait le même destin pour son mépris du « métier » et de la Règle.

C'est alors que Moréas entreprit sa réaction romane. A ses côtés, des esprits judicieux s'employaient à conjurer le danger. Charles Morice avertissait les poètes qu'il ne suffisait pas de céder à son démon, mais qu'il convenait à chacun d'être « l'orfèvre de son or ». Fernand Gregh prônait aussi les vertus de la discipline et de l'expérience. Il y avait, alors, quelque courage à faire entendre la voix de la Raison dans le débordement des passions, en pleine action révolutionnaire.

***

Les symbolistes se réclamaient de Baudelaire, de Verlaine, de Rimbaud, de Mallarmé, mais ils en ont négligé, pour la plupart, la véritable leçon. Ils se sont arrêtés à l'écorce. Ils n'en ont pas pénétré la moelle. Ils ne leur ont pris que les outrances.

Certes, l'heure appelait une évolution poétique. L'atmosphère était trop chargée de relents naturalistes et brutalistes, et le genre oratoire, repris des romantiques, par les derniers parnassiens, se mourait d'épuisement. On ne s'intéressait plus à leurs contes en vers ni à leurs poèmes philosophiques. « En Art, disait Moréas, il n'y a que le sublime qui compte »,

Les nouveaux venus sentaient la nécessité de se libérer de toute préoccupation didactique et de réintégrer le lyrisme dans son véritable domaine.

La poésie n'est pas un instrument qui sert à des fins étrangères. Elle est à elle-même sa propre fin. La poésie est une façon de goûter la vie et de jouir des choses. La poésie est un état d'âme. Le devoir du poète est d'éveiller, chez ceux qui l'écoutent, un état d'âme correspondant. On connaît l'adage gnostique : « *Je n'instruis pas, j'éveille !* » Reste à choisir la route la plus sûre pour y parvenir.

La révélation moderne, qui nous l'indique, s'appuie sur la corrélation de tous les arts entre eux, principe depuis longtemps pressenti, mais qui ne fut scientifiquement proclamé et codifié que par Baudelaire et Théophile Gautier, influencés différemment de l'esthétique anglaise, au milieu du siècle dernier.

L'histoire montre que, chez nous, aux XVI^e^ et XVII^e^ siècles, le poème s'ordonne selon les lois de l'architecture. On n'y cherche que fondations solides, équilibre et agrément de façade.

Le signal de la révolution romantique fut donné par les peintres. La couleur fait invasion dans les lettres. On ne juge plus d'un poème que par ses qualités de pittoresque et d'éclat. Il appartenait à la musique de révolutionner la poésie contemporaine. C'est de la musique que cette poésie reçoit une force d'expansion nouvelle. Baudelaire, Mallarmé, Rimbaud, Verlaine, furent, avant tout, des musiciens :

*De la musique encore et toujours,*
*Que ton vers soit la chose envolée,*

*Qu'on sent qui fuit d'une âme en allée,*
*Vers d'autres cieux, à d'autres amours.*

Ce simple titre de Verlaine : *Romances sans paroles*, décèle son vœu d'émouvoir plus sûrement les âmes par la magie des seuls accords. Baudelaire voulait que ses vers eûssent, en outre, la vertu d'un parfum. C'est que ces poètes avaient été amenés à reconnaître l'impuissance du langage à traduire exactement leurs émotions. Il s'agissait donc de trouver un mode d'expression plus souple, et l'on eut vite fait de se rendre compte que l'interprète le plus fidèle de l'émotion, ce n'est pas la parole qu'elle fait gauchir et trembler, mais le silence.

Les poètes nouveaux brûlaient d'être, comme disait Mallarmé, les *musiciens du silence*. A leur sens, le poète absolu est celui qui, d'un simple coup d'archet, ouvre les portes du rêve et jette l'âme dans l'extase. Un poème vaut moins par ce qu'il dit que par ce qu'il laisse entendre. Toute sa valeur est dans son atmosphère et les effluves qu'il dégage.

On voit combien nous sommes loin des rhéteurs, qui font consister la force du poème dans l'explosion verbale et qui n'arrivent qu'à ce résultat : d'étourdir l'esprit en le frappant à coups redoublés d'arguments, alors qu'un geste esquissé suffit au poète-né, doué d'une vertu d'incantation magique, pour le soumettre à son pouvoir. Faire tenir dans le fini du mot, tout l'infini d'un regard, d'une larme, d'un sourire ; y exprimer tout ce qu'il y a d'inexprimable dans la chaleur d'une pression de main, d'une étreinte, d'un adieu, voilà la tâche du poète nouveau. Il a, pour s'y guider, les indications de Baudelaire qui l'incite à étudier :

*Le langage des fleurs et des choses muettes,*

et qui lui fournit le système des « correspondances », que lui avait soufflé, comme à Poë, le démon de l'Analogie . Il a Rimbaud, qui prête à l'orchestration verbale l'appui de l'audition colorée ; Verlaine, le poète des équivalents et des demi-teintes, qui résout l'éloquence en soupirs, et Mallarmé, dont la doctrine consiste à n'user que d'allusions. Voilà en quoi s'augmente la richesse du patrimoine des Muses françaises, à condition toutefois de considérer cet apport dans la seule mesure où il est transfusible à la tradition.

On a accusé l'École Romane de régression, parce qu'elle se réclamait de cette tradition, mais ses disciples n'ont jamais cessé de s'inquiéter du tour lyrique nouveau, ni des réformes nécessaires.

Certes, tout n'était pas à rejeter du symbolisme qui se faisait une plus noble idée du rôle du poète et qui l'incitait à fuir les bavardages pour « n'œuvrer que dans l'absolu ». Ce que condamnait Moréas, c'était son mépris affiché de la technique [1].

Même détaché du symbolisme, Moréas ne s'est jamais départi de son vœu premier de « plasticité musicienne ». Aux vertus plastiques du lyrisme antérieur, il rêvait d'adjoindre la musique et la couleur, mais il

1. A considérer, d'ailleurs, que les poètes symbolistes qui ont survécu à la mode passagère et qui ont fini par s'imposer, sont ceux-là seuls qui comme M. Henri de Régnier, le plus illustre d'entre eux, n'ont jamais rompu complètement avec la Prosodie consacrée.

ne confondait pas la couleur avec le bariolage ni la musique avec le bruit. Il faisait, lui aussi, appel à la suggestion comme moyen suprême d'émouvoir, mais il pensait que la Poésie ne se réduit pas au domaine de la sensation et que l'Idée peut être également source d'émotions. Il savait qu'il n'y a pas que des vérités particulières, mais des vérités d'ordre général.

Il n'a pas voulu que son apport constituât une scission complète entre la poétique d'hier et celle d'aujourd'hui. Ne rien perdre des acquisitions du passé, ne rien négliger des nouvelles, en ce qu'elles avaient de légitime et de fondé, telle fut sa constante préoccupation. Ainsi a-t-il ramené, par une canalisation logique, la Poésie, des lacs où elle stagnait, de son temps, au large courant de la vie universelle. Et là est son originalité et sa vertu féconde. C'est en cela qu'il a fait œuvre d'initiateur.

***

Verlaine avait raison de vouloir faire de la poésie un chant « vague et soluble dans l'air », mais c'était s'égarer que d'en prendre texte pour préconiser « la Chanson grise » et « le terme imprécis ». C'était ,en vérité, un procédé trop facile que d'arriver à brouiller la vision par le brouillard des mots. Moréas n'a pas voulu tricher au jeu. D'ailleurs, Verlaine suffit à démontrer sa propre erreur, puisque ce sont ses vers les plus précis qui ont le plus de prolongement. Même remarque à propos de Mallarmé, dont je suis loin de vouloir contester le génie, mais qui exagère parfois sa manière sibylline jusqu'à verser dans la charade.

Sans doute, le poète est un déchiffreur de mystères, et il ne lui est pas défendu de voiler ses révélations, mais si tout le fruit que nous retirons de son étude, ne consiste qu'à nous faire goûter la forme d'une console ou à nous rendre sensible un jeu de rideaux, c'est se jouer de notre curiosité et duper notre ferveur. Ce n'est plus du miracle, c'est de la prestidigitation. Baudelaire et Rimbaud prouvent, par endroits, que le Mystère peut s'exprimer dans une langue saine, et qu'il n'est pas besoin au poète magicien d'user de supercherie pour peupler l'air de mirages et faire surgir l'image de la Beauté.

De même, chercher des effets d'harmonie dans la disposition typographique des vers, comme s'y sont employés certains théoriciens du vers libre, abuser, comme l'ont fait les outranciers du symbolisme, des néologismes pour produire une impression d'étrangeté, c'est pur enfantillage.

L'Art ne doit servir qu'au vêtement des idées vivantes ou des impressions vraies, non des simulacres.

Moréas s'employait à nous rappeler que l'ordre est la base de l'harmonie. Il ne voulait rien renier de l'expérience acquise des âges ni de notre patrimoine classique, mais il n'admettait rien qui ne fût soumis à l'épreuve du jugement. Il voyait dans la brièveté du poème, une condition d'intensité. Lafontaine était de cet avis, qui disait :

*Loin d'épuiser une matière,*
*On n'en doit prendre que la fleur.*

C'était nous inciter à nous désembroussailler de

toutes les folles herbes de la spontanéité, et nous avertir que l'élan du souffle créateur s'élève en raison de la contrainte qu'il subit.

Ouvrez les *Stances*, vous y trouverez ce souci constant de ramener tout le poème à la simplicité d'un doigt levé, d'un geste évocateur. Moréas indique à peine, mais d'un trait si juste, à force d'avoir été longtemps médité, qu'il y fait tenir tout un monde de sensations. Un simple détail, et l'ensemble des choses se déroule par surcroît instantanément dans l'imagination du lecteur. Lisez ses vers : une feuille y tombe, et c'est toute la désolation de l'automne. Une rose s'y fane, et c'est tout le regret des joies abolies ; une lampe brûle aux portes de l'octroi, et c'est toute la détresse des choses de banlieue. Une ombre passe, et l'univers vacille d'émoi.

Moréas n'use pas, comme Mallarmé, de tours affectés ; il ne s'enveloppe pas de fumée ; il ne vêt pas les oripeaux éclatants et barbares de Rimbaud, j'entends le Rimbaud du *Bateau ivre* ; il n'emprunte pas, comme Baudelaire, le pathétique de la Bible. Il ne cesse de parler à mi-voix, sur le ton d'une confidence, et, tout en se dépouillant du secours de l'éloquence, il ravit l'âme par la grâce de la ligne et la justesse des touches.

Moréas possède, autant et mieux qu'aucun autre, le sens du mystère, et l'on trouve chez lui tout le clair obscur et le frémissement des meilleurs aèdes symbolistes, mais sa supériorité consiste dans sa loyauté d'expression. Il crée l'illusion sans effets de trompe-l'œil. Il opère en plein jour. Il impressionne par la seule vigueur de son émotion, et prouve qu'il n'est pas besoin de torturer la syntaxe ni la langue, pour exprimer des sentiments nouveaux :

Son vers rend avec précision les nuances les plus imprécises de l'heure et, avec clarté et solidité, les états les plus troubles et les plus vagues de la conscience humaine :

*C'est la pluie ; elle tombe, et je me ressouviens*
*Tout à coup d'un autre mensonge.*

Nul ne sait mieux que lui, sans subterfuge ni faux artifices, éveiller les vibrations du silence :

*Qui soupire de la sorte ?*
*O mon âme, n'est-ce pas*
*Une branche déjà morte*
*Qui vient de parler tout bas ?*

Ainsi le Moréas des *Stances* s'apparente aux « musiciens du silence ».

« Tombons-en d'accord, dit M. André Thérive, et écoutons derrière ces petites mélodies écourtées, l'inflexion d'une voix qui, sans cesse, regrette de ne pas se taire ». [1]

1. A la vérité, cette remarque de M. André Thérive s'applique à la prose de Moréas, mais on conviendra qu'elle est tout aussi applicable aux vers des *Stances*.

## III

## LA LEÇON DES *STANCES*

Si l'on compare les *Stances* de Moréas aux *Syrtes*, on se rend compte du chemin parcouru par le poète et de son effort gradué vers la perfection.

Lors de sa proclamation symboliste, et pour répondre à certaines objections d'Anatole France, Moréas lui écrivait :

— « *Vous admirez Lamartine, tout en estimant, j'aime à le croire, Baudelaire. Moi j'admire Baudelaire, tout en estimant Lamartine, et c'est de là que proviennent nos divergences.* »

Moréas devait, pourtant, par la suite, se rendre aux arguments d'Anatole France.

Il mit Lamartine au-dessus de Baudelaire, qu'il ne pouvait plus relire sans une sorte « d'angoisse physique ». On n'a peut-être pas assez remarqué que presque toute la matière des *Stances* était contenue dans une pièce des *Premières méditations poétiques* : *Le Vallon*.

*Mon cœur lassé de tout, même de l'espérance,*
*N'ira plus de ses vœux importuner le sort,*

*Prêtez-moi seulement, vallon de mon enfance*
*Un asile d'un jour pour attendre la mort !*

. . . . . . . . . . . . . . . . .

*Repose-toi, mon âme en ce dernier asile !*

. . . . . . . . . . . . . . . . .

*L'amitié te trahit, la pitié t'abandonne*
*Et, seule, tu descends le sentier des tombeaux.*

Je n'entends pas dire par là que Moréas ait puisé chez Lamartine l'idée des *Stances*. Il apparaît trop, à leur résonnance intime, qu'elles ont jailli de son propre fond. Moréas n'avait pas besoin de prendre leçon d'un autre pour sentir le poids de la vie et aspirer au repos de la mort.

Il faut noter, d'ailleurs, qu'à la différence de Lamartine, l'auteur des *Stances* ne voyait rien au delà de la tombe. C'est ce qui donne à sa plainte un accent plus viril. Il pouvait bien s'écrier, comme lui :

*Je te salue, o Mort, libérateur céleste !*

mais il n'y goûtait d'avance que l'anéantissement total. Et son admiration pour Lamartine appelait des réserves. « *C'est*, disait-il, *le plus grand poète de son siècle, mais il n'a pas su se créer un instrument. Il traîne comme un encombrement la langue du XVIII*e *siècle.* »

La remarque vaut dans l'ensemble. Lamartine ne surveille pas toujours assez son style. Dès qu'il n'est plus soutenu par l'inspiration, il devient fade ou affecté. On sait que ses premiers maîtres avaient été l'abbé Delille, ami de la périphrase, et Parny, ce doux créole, poète abondant et facile, trop soucieux de ses aises pour s'imposer, dans la vie comme en art, une discipline sévère.

Et Moréas s'inquiétait de retrouver chez lui, par endroits, trace de ces mauvais modèles. C'est dans ce sens qu'il se flattait de le corriger, en usant d'un doigté plus ferme et d'un clavier plus sûr.

A ce point de vue, il nous donne avec les *Stances* une admirable leçon de style. Rien n'y est laissé à l'improvisation. Il y atteint à cette souveraine simplicité des Maîtres, à cette « perfection célée » à laquelle il s'acheminait d'instinct à travers ses livres antérieurs. Il s'y est dépouillé de tout le bric-à-brac romantique et symboliste. Il y tire ses meilleurs effets de la sobriété et de la concision.

Le miracle, c'est que sa strophe, si solidement construite, aux angles si nets, dégage une telle vertu de suggestion et s'enveloppe d'une telle atmosphère de grâce rêveuse. Elle a ce velouté que l'on ne tire que des plus intimes profondeurs de soi-même. On y éprouve que, par la place qu'il leur assigne, le poète prête un sens neuf aux mots les plus usagers.

Mais les *Stances* constituent aussi une admirable leçon de sagesse. Moréas s'était fait une haute idée du poète. Un souci de dignité ne lui eût jamais permis d'écrire, comme Lamartine : « La pitié t'abandonne ». Il n'a que faire d'un tel sentiment. Il lui suffit d'être lui-même :

*En dépit de mes maux, de la nuit de mon âme,*
*Je me sens plus vivant*
*Que ne le fut jamais sur le brasier la flamme,*
*Quand l'exalte un bon vent.*

*Misérable démon qui t'attaches à nuire,*
*Pauvre facétieux,*

*Tu vois bien qu'à la fin nous pouvons te réduire*
*Et moi-même et les dieux !*

Voilà des accents que nous étions désaccoutumés, depuis longtemps, d'entendre en poésie, et qui assignent à Moréas sa place parmi les génies consacrés, c'est-à-dire « classiques ».

— *Devenir classique,* disait Barrès, aux obsèques de Moréas, *c'est décidément détester toute surcharge, c'est atteindre à une délicatesse d'âme qui, rejetant les mensonges, si aimables qu'ils se fassent, ne peut goûter que le vrai, c'est, en un mot, devenir plus honnête.*

Or, Moréas ne fut pas seulement un grand poète. Il fut, dans toute l'acception du mot, le parfait « honnête homme », c'est-à-dire un modèle de conscience et de dignité.

Quand il entreprit d'écrire les *Stances,* en septembre 1897, il avait dépassé la quarantaine, et souffrait déjà du mal qui devait l'emporter. Il ne voyait plus, autour de lui, que sujets d'inquiétude et de mécontentement. Il avait sondé le néant des agitations humaines. « *On ne reste pas longtemps sans larmes,* disait-il, *quand on a tout appris.* » Il n'avait plus rien à demander au monde. Il ne jouait plus au dandy, n'arborait plus de mac-farlanes « fashionables » encore qu'il gardât le monocle et, sous son linge négligé de célibataire sans foyer, un air de distinction naturelle. Il avait souffert dans ses plus chères affections.

Les voyages ne le requéraient plus.

On lui offrait de retourner à Luchon : « A quoi bon ? disait-il, c'est un décor pour la jeunesse. » Il trouvait malséant de porter le joug des émotions avec un vieux cœur dans la poitrine. Même le triomphe de son *Iphigénie* à Athènes et les ovations qu'il y avait reçues, l'avaient laissé presque indifférent :

— Si mon cœur n'était pas brisé depuis longtemps, pisait-il, une si belle sympathie l'aurait fait tressaillir.

Et, devant les monts de l'Attique, il s'excusait de ne plus pouvoir les admirer avec tendresse parce qu'il « touchait à la perfection et à la mort ».

Il s'était dépris même de la gloire. En France, son génie était toujours discuté, ce qui lui faisait dire :

*Les morts m'écoutent seuls, j'habite les tombeaux :*
*Jusqu'au bout je serai l'ennemi de moi-même,*
*Ma gloire est aux ingrats, mon grain est aux corbeaux ;*
*Sans récolter jamais je laboure et je sème.*

Il est donc naturel qu'il n'ait fait vibrer dans les *Stances* :

*Qu'une corde vouée à la mélancolie.*

Cette mélancolie ira s'accentuant, de livre en livre, sans néanmoins jamais sombrer au désespoir. Moréas accepte la douleur « qui nourrit sa pensée et lui fait l'âme forte ». Il va jusqu'à dire :

*Je trouve dans ma cendre un goût de miel suave.*

Sa plainte conserve toujours un certain air de noblesse. Il nous étale son moi à nu sans y compromettre sa dignité.

Son stoïcisme est supérieur à celui d'Alfred de Vigny. Ce qu'il y a au fond du stoïcisme de Vigny, c'est un levain de haine et de révolte contre le Créateur ; c'est le vindicatif défi, jeté par rancune au ciel oppresseur. Vigny s'irrite. Il est l'apôtre du pessimisme. La résignation de Moréas est sans fiel ; c'est l'acceptation du sage, qui se soumet volontairement à la destinée, par seul amour de la Discipline et de la Règle, sans même y chercher la consolation d'une récompense puisqu'il ne croit pas à la vie future. Et, loin de se réfugier dans un silence agressif et boudeur, Moréas chante à loisir :

*Pour couvrir de beauté la misère des choses.*

Il refuse de céder au découragement, d'être « l'homme de mauvais courage qui se plaint sur la lyre ». Il ambitionne, au contraire, de se prodiguer à tous, pour être leur consolation et leur appui ; il n'était plus à l'âge où il disait :

*L'Étoile de Cypris dans mon cœur ne se couche,*
*Et d'un doux regarder si je dis les réseaux,*
*C'est un Zéphyre enfant qui toujours, par ma bouche,*
*Fait chanter les roseaux.*

Mais si, terrassé par la douleur, il laisse, malgré lui, échapper des paroles d'amertume, son art les enveloppe d'on ne sait quelle atmosphère de sérénité :

*Je veux aller encor m'asseoir sur cette borne,*
*Contre le mur, tissé d'un vieux lierre vermeil,*
*Et regarder longtemps, dans l'eau glacée et morne,*
*S'éteindre mon image et le pâle soleil.*

## IV

## LES *STANCES* ET LA CRITIQUE

Les deux premiers livres des *Stances* avaient été publiés sous le manteau, pour ainsi dire, comme si Moréas, inquiet du sort de son œuvre, avait jugé prudent, avant de la poursuivre, de tâter l'opinion.

Et, sans doute, estima-t-il l'expérience concluante, puisqu'il se décida à donner les quatre livres suivants en édition courante.

Cette fois, la Presse avait son mot à dire. Les avis y furent assez partagés. Ce retour à la versification traditionnelle la plus sévère, au vrai classicisme, à la vraie antiquité, se produisant en pleine effervescence vers libriste et moderniste, ne laissa pas de déconcerter quelque peu l'opinion.

Les anciens compagnons d'armes de Moréas, les symbolistes de la première heure, ceux qui, à son instigation ou concurremment, s'étaient avisés de « rompre le vers », s'en offensèrent plus encore que de son manifeste roman. Il y virent un autre défi plus brutalement jeté. Quelques-uns crièrent au scandale. Ils accusaient Moréas de vouloir nous ramener en arrière, à la poétique de Boileau, c'est-à-dire, à leur sens, au néant.

Dans le camp opposé, les méfiances n'étaient pas moindres. Le monde universitaire et académique avait toujours sur le cœur les offensives symbolistes de Moréas. Elles y avaient déchaîné un courant d'hostilité que le classicisme des *Stances* était impuissant à remonter d'emblée. Son passé pesant sur lui, Moréas y demeurait toujours frappé d'interdit, comme « poète décadent ».

Et les uns et les autres se demandaient s'il ne s'agissait pas là d'une nouvelle « incartade » de Moréas, dans le seul but de créer de l'agitation et de réveiller autour de sa personne le bruit des polémiques.

Il faut bien dire aussi que le goût était trop gâté, à ce moment, pour que la « beauté célée » des *Stances* pût se manifester du premier coup. Le commun des lecteurs n'y vit qu'un exercice de rhétorique, froid et compassé, mais comme le dira tout à l'heure Jean de Gourmont à leur sujet : « C'est le défaut des choses parfaites de paraître froides [1]... »

Le Moréas des *Stances* n'eut donc, d'abord, pleinement pour lui que sa petite élite de fidèles, les jeunes esthètes de la génération montante, qu'il traînait, partout, à sa suite, mais là encore une sorte d'hésitation se produisit dans les esprits, touchant les causes et le sens exact de son évolution. Un débat s'en ouvrit dans les jeunes revues.

Mécislas Golberg, soutenait que Moréas avait été amené fatalement aux *Stances* pour se dégager d'une impasse :

1. Jean de Gourmont : *Jean Moréas* (Mercure de France, septembre 1904).

— *L'analyse,* disait-il, *avait pris chez lui des formes si diluées que, sous peine qu'il ne pût plus écrire, il fallait que cela cessât.*

Hypothèse contre laquelle s'insurgeait André Salmon. Ce dernier voyait dans les *Stances* l'épanouissement logique du génie de Moréas. A son avis, ses recueils antérieurs en marquaient les étapes, sans aucune solution de continuité. Le plus curieux, c'est que l'article de Salmon en réponse à celui de Mécislas Golberg, portait comme titre : *Apologie du Pèlerin passionné.* Voulait-il marquer par là ses préférences personnelles, ou mieux démontrer à son adversaire qu'il avait tort de mésestimer ce recueil ? André Salmon n'en concluait pas moins :

— *Jean Moréas est aujourd'hui le Maître. La poésie française est son domaine, un domaine où les pas des héros également privilégiés ne se mêleront point à ses pas. Il est le maître de lui-même. Aussi fût-il juste de saluer, en son œuvre parfaite, le monument dressé pour sa gloire :* les Stances.

Mais d'autres brûlaient devant les vers des *Stances* les vers du *Pèlerin passionné.* Et cela valait, à leur auteur, des admirateurs nouveaux.

C'est ainsi que M. Paul Souchon qu'avait peu séduit, jusque-là, la manière archaïque et chantournée de Moréas, s'écriait à l'apparition des *Stances,* en édition courante (1900) :

« Un grand poète nous est né. Un chef-d'œuvre a vu le jour avec le siècle ! »

Et il ajoutait :

« Par quelles grâces particulières M. Jean Moréas, qui frise la cinquantaine, qui a traversé, outre des mers et des nations, les marais du Décadentisme, du Symbolisme et du Romantisme, pour venir jusqu'à nous, qui a fait se méprendre sur son compte tant de monde et lui-même, nous apporte-t-il ces *Stances*, si humaines, si pures, si élevées, qu'elles en sont divines ? Sans doute, par les mêmes grâces qui retinrent silencieuse jusqu'à quarante ans la lyre du bon La Fontaine, puis la firent frémir avec harmonie et suavité. »

« Qu'importe, d'ailleurs, et laissons à d'autres le soin d'expliquer pareille transformation ou d'en rechercher les indications dans les précédents ouvrages de M. Moréas, au travers des bizarreries, des futilités, des absurdités et des essais de toutes sortes. Une fleur est là. Respirons-la ! »

« Chaque stance (il y en a cinquante au plus, de huit à douze vers) est comme un pleur cristallisé. Quel assemblage de pierres rares ! Nous n'avions jusqu'ici, en France, aucun exemple de cette poésie. C'est le souffle de Sapho et des élégiaques grecs et latins, Alcée, Alcman, Simonide, Catulle et Tibulle, que nous apporte et que nous rend M. Moréas. »

« Le souffle, et non plus les expressions, comme au temps du *Pèlerin passionné*. Il est allé, cette fois, à la source de la vie, et comme la main qu'il tendait était sincère, la source ne lui a pas refusé son onde. »

Et, peu à peu, la vertu des *Stances*, brisant les derniers préjugés, opérait jusque dans les hautes sphères officielles des lettres. Émile Faguet disait d'elles :

— *La forme est admirable, d'une pureté absolument classique, avec le goût des images justes, et le don de les trouver toujours sans effort. C'est une des manifestations d'âme poétique les plus extraordinaires que nous ayons vues depuis des années et des années.*

Émile Faguet était académicien.

Et René Boylesve, qui allait le devenir, déclarait après les avoir lues :

— *Le seul homme actuellement doué du privilège d'écrire le beau vers français est Jean Moréas.*

Je pourrais citer bien d'autres hommages éclatants rendus par nos meilleurs critiques aux *Stances.*

Paul Souday ne s'est jamais caché de les tenir pour une œuvre maîtresse, honneur du lyrisme français.

« Il y avait, dit-il [1], bien des choses exquises dans les recueils antérieurs de Moréas... *Les Stances* ont encore plus de force avec la sobriété :

« C'est le chef-d'œuvre de Moréas. Il est formé d'une suite de toutes petites pièces un, deux, trois quatrains, bien rarement davantage, mais qui se relient et constituent en réalité un poème unique. Le sujet, c'est l'ascension du poète vers la perfection morale, qui ne lui est pas moins chère que l'autre. Sa philosophie est, en somme, la sérénité du sage antique, qui ne méprise point la vie, ne s'y attache pas non plus avec excès, ne s'exagère ni les joies ni les douleurs terrestres, également passagères :

*Et comme le bonheur, l'infortune s'envole,*

contemple la relativité universelle et fait dans tous, les cas bon visage à la destinée. Dans ces *Stances,* modèles de style pénétrant et pur, où il n'y a pas un

1. *Le Temps,* 1er avril 1910.

vers, pas un mot superflus, il faut tout lire, il faudrait tout citer. Je cite presque au hasard :

*Chênes mystérieux, forêt de la Grésigne,*
*Qui remplissez le gouffre et la crête des monts,*
*J'ai vu vos clairs rameaux sous la brise bénigne*
*Balancer doucement le ciel et ses rayons.*

*Ah ! dans le sombre hiver, pendant les nuits d'orage,*
*Lorsqu'à votre unisson lamentent les corbeaux,*
*Lorsque passe l'éclair sur votre fier visage,*
*Chênes que vous devez être encore plus beaux !*

« Cela c'est la corde d'airain. On y trouve des tonalités plus légères....

« Il est possible que cette concision, si substantielle pourtant, ne permette pas d'égaler les *Stances* de Jean Moréas à des œuvres plus vastes. Mais dans ce genre, on ne connaît rien de plus achevé, de plus noble et de plus haut...

« Ce petit livre au moins ne périra pas. »

— « Moréas, dit M. André Thérive, a passé sa vie à chasser du domaine des Muses ce qu'il appelait la beauté inutile, qui n'est pas la vraie beauté. » Et il répond à ceux qui trouvent ce recueil trop mince qu'un vrai poète « met autant de soin et d'instinct à répartir son silence que ses paroles ».

Raymond de la Tailhède leur objecte, lui aussi, que la poésie ne se mesure pas au poids :

« *La plus haute tragédie*, dit-il, *la tragédie par excellence, nous la trouvons dans les* Stances. *Là un seul acteur parle, entouré de milliers de personnages muets, dont la présence l'émeut tour à tour. Pour décor, la nature entière...* »

« *Les* Stances *forment de bout en bout un poème unique, coupé de silences. Il y a unité d'action continue, unité de mouvement, unité de pensée. La qualité dominante de l'émotion passe de l'une à l'autre stance et ne tombe jamais. Et quant au style, c'est le véritable, dépouillé de toute scorie, lumineusement limpide, noblement pur*[1]. »

Ailleurs, j'ai trouvé sous ce titre : *Critique de la Perfection*, une remarquable étude de M. Émile Godefroy, sur les *Stances* (*Vers et prose*, juin 1906), où il est dit :

— « Moréas rentre dans la grande tradition et nous y ramène ; il est l'Orphée de la douleur contemporaine, à laquelle il donne conscience de ses désirs obscurs. L'accès nous devient facile de la perfection spirituelle, loin de laquelle les romantiques se sont tordus les mains de désespoir. Je compare les *Stances* à un escalier de diamant qui s'étage depuis le gouffre jusqu'à la région de la pure lumière. Nous sommes en présence de l'un des chefs-d'œuvre de la littérature française, et je souhaite que leur portée une fois aperçue, leur influence soit profonde. »

Ces lignes furent écrites du vivant de Moréas. De son vivant encore, dans leur notice des *Poètes d'aujourd'hui* le concernant, MM. Van Bever et Paul Léautaud, notaient qu'on avait pu dire des vers des *Stances* : « que par l'ampleur de leur harmonie, la sérénité du style, l'élévation du sentiment philosophique, ils égalaient ceux des plus grands maîtres ». Catulle Mendès, dans son *Rapport sur le mouvement poétique français,*

1. Cité par M. Pierre Constans dans : *Un débat sur le Romantisme* (Flammarion, éditeur).

de 1867 à 1900, parle de « l'enchantement » des *Stances*. Après la mort du poète, leur succès n'a cessé de croître et de s'étendre.

On connaît l'apostrophe de Mme de Noailles à l'ombre de Moréas :

*Je me suis appuyée au marbre de tes* Stances.

— « Si, dit M. Henri de Régnier, un chef-d'œuvre doit être fait de clarté, de mesure et de force, unir la fermeté de la pensée à l'harmonie de la forme, donner une impression éternelle de beauté, les *Stances* de Moréas en sont un et un des plus purs et des plus lumineux de la Poésie française. »

En 1913, M. Henri Clouard écrivait à propos de ce recueil « aurore, à ses yeux, de spiritualité » :

« Du coup c'en était fait, des photographiques peintures et des paysages sans âme... Plus de descriptions, plus de coups de cymbales à la Hérédia. Un grand poète ramenait, parmi nous, les chastes éclats de l'abstraction harmonieuse. Il faisait rentrer, dans son ordre éternel, un art qui doit rester le miracle de la simple voix humaine, messagère la plus directe de l'esprit...

« Dans un siècle où la somptuosité de la matière poétique est devenue objet de culte, il est inouï que l'on n'admire pas plus généralement les images et visions magnifiques, dont maintes stances donnent le raccourci :

*Temples, marbres brisés, qui malgré tant d'outrages,*
*Seuls, gardez dans vos trous tout l'avenir levant !*

« Seulement, Moréas ne met pas de telles beautés en valeur démesurément ni ne les sertit à la façon de ces poètes inférieurs qui ne sont que des orfèvres manqués, mais les comparant avec d'autres, dans le cercle de l'idée, il n'en tire que de brefs éclairs, au travers d'harmonies abstraites.

« Dans une marche sûre à la simplicité, Moréas a rejeté du symbolisme ce qui ne fait que tapisserie et surtout le sensationnisme de cette école hypocrite, n'en gardant, pour l'immortaliser, qu'une fusion plus intime de l'image avec l'idée, grâce à laquelle le poème s'abrège, tandis que s'amplifie l'émotion [1]. »

— « L'auteur des *Stances* est un grand poète, dit M. Lalou. dans son *Histoire de la littérature française.* Son amour de la perfection conduit à la sagesse harmonieuse, qui domine la vie et pacifie esprit et cœur, réconciliés dans la beauté grave d'un poème achevé. »

M. Lalou nous reflète ici l'opinion générale présente du monde universitaire touchant les *Stances.* C'est celle, en effet, que nous retrouvons dans la plupart des manuels scolaires.

Tout récemment encore [2], M. François Porché, celui-là critique indépendant, ne relevant que de lui-même, écrivait :

« Trente ans ont passé sur les *Stances* et voici que, j'y découvre des parties plus célées qui, naguère encore, en raison de leur nouveauté même, étaient demeurées invisibles pour moi.

« C'est le cas de tous les vrais chefs-d'œuvre : leurs divers plans ne s'offrent pas à la vue tous ensemble et, pour ainsi dire, d'un seul bloc. Ce qu'ils ont sou-

1. Henri Clouard : *Les Disciplines* (Marcel Rivière, éditeur).
2. *La leçon de Moréas* (Les Nouvelles littéraires, avril 1929).

vent de plus original commence par baigner dans l'ombre avant d'éblouir nos yeux. »

M. François Porché admire dans les vers des *Stances* un mélange de rigueur et de vague, d'art précis et de vaporeuse rêverie.

« Par ce côté, dit-il, Moréas cesse d'être uniquement un ancien : l'anxiété, propre à notre temps, le frémissement de l'époque l'ont gagné. Mais ce malaise qui chez nous, commence à se faire sentir avec le romantisme, ces palpitations accompagnées d'oppression qu'on appelait alors le « mal du siècle », on s'aperçoit maintenant que c'était moins une affection, au sens pathologique du mot, qu'une crise de croissance. Le monde de la sensibilité, à la faveur de cette fièvre, allait s'élargissant. Des zones obscures de l'être s'éclairaient. Les mélancolies indéterminées montraient leurs mystérieux dessous, leur enfer de sentiments inavoués, d'impulsions refoulées. Conquête, en définitive, que cette épreuve douloureuse, puisque celle-ci avait pour résultat une connaissance plus parfaite du cœur humain. »

Voilà les jugements les plus marquants et les plus typiques portés sur le livre des *Stances*. J'aurais pu en recueillir d'autres, mais un volume n'y suffirait pas, tant le génie de Moréas est resté parmi nous prodigieusement *vivant*. Je ne puis négliger néanmoins celui du « prince des poètes » M. Paul Fort, qui dans son *Histoire de la Poésie française*[1], écrit en collaboration avec M. Louis Mandin, nous dit :

1. Parue en 1926 concurremment à Paris (Ernest Flammarion) et à Toulouse (Ed. Privat).

« Dans sa jeunesse, Moréas avait été un étonnant (quelque peu irritant) virtuose, mais ce n'est que dans son âge mûr qu'il a été, par la vertu de sa douleur stoïque, un vrai et souvent grand poète. Cet Athénien philologue, qui portait en lui quelque chose de la rudesse des Palikares, avait d'abord aidé puissamment les poètes novateurs, et il doit être, en dépit de ses évolutions, considéré comme l'un des fondateurs du Symbolisme et du Vers-librisme, mais son véritable génie, dont il ne prit conscience que tardivement, était bien dans cette combinaison romantico-classique, qui nous a donné, avec les *Stances*, un rare chef-d'œuvre. »

Ainsi, pour MM. Paul Fort et Louis Mandin, le romantisme n'est pas exclu des *Stances*. C'est une opinion sur laquelle je reviendrai tout à l'heure.

Je ne puis oublier non plus l'hommage à Moréas de M. Pierre de Nolhac :

*Quand le Maître, à présent honoré dans nos fêtes,*
*Ronsard, qui règne aussi parmi les bienheureux,*
*Aux Champs-Élyséens, dans le coin des poètes,*
*Accueillit Moréas et lui fit place entre eux :*

*« Raconte, lui dit-il, aux ombres que nous sommes*
*Ce que tu fis de grand sur la terre des hommes. »*
*Et le nouveau venu dit simplement : « O Roi,*
*A ceux qui t'oubliaient j'ai su parler de toi. »*

Déjà, lorsque je publiai l'*Apothéose de Moréas*[1] Edmond Rostand m'écrivait :

1. Parue en 1910 aux éditions du *Mercure de France*.

*Je t'aime d'honorer cette haute mémoire*
*Car je sais quel surcroît de murmure et de gloire*
*Vint d'une abeille grecque au vieux rûcher français,*
*Et, du creux d'une main lumineuse, je sais*
*Qu'un peu de l'Eurotas est tombé dans la Loire.*

Les vers de M. Pierre de Nolhac sont extraits de la *Stèle à Moréas*, publiée par les soins de la *Minerve française* (n° du 1er avril 1920) avec la collaboration de vingt-quatre poètes, où se relèvent les noms de Mme de Noailles, de M. Henri de Régnier et de M. Pierre Plessis. Ce dernier avait tenu à prendre part à cet hommage, pour expier les torts de sa génération, coupable d'avoir méconnu Moréas. Et, s'adressant à l'ombre du Poète, il lui disait :

*Assez, couvrant ta voix, les oisillons criards*
*Ont au bruit de tes vers infligé des retards !*
*Voici que le concours de toute une jeunesse*
*Veut que ton nom revive et ton œuvre renaisse*
*Et qu'un amas de fleurs, par ta cendre attendu,*
*Dise notre remords de t'avoir mal connu.*

Et Frédéric Plessis, vénérable aïeul de lettres, éloquent chantre virgilien, proclamait la vertu de Moréas, puisée

*A la source que rien ne contamine : Homère.*

J'avais cru devoir, pour mettre le point final à cette revue de la critique, solliciter l'avis de deux maîtres ès-rythmes, au génie officiellement consacré, et dont l'autorité ne saurait faire aucun doute : MM. Henri de Régnier et Paul Valéry. Tous deux se sont prêtés de bonne grâce à mon enquête et m'ont obligeamment répondu.

J'ai cité plus haut la réponse du premier. Je reproduis ici la lettre du second :

« J'ai connu Moréas fort tard et l'ai trouvé fort différent en personne du Moréas que peignait la rumeur. Il ne m'a pas montré le vaniteux dont on citait les mots énormes ; mais, au contraire, un homme vrai et charmant. Il donnait l'impression d'avoir lu de fort près tous les poètes du monde et de savoir par cœur tous les français. Cet immense trésor de sa mémoire s'étant comme dépouillé à la longue, la substance de son esprit fixa définitivement ce qu'il contenait de plus conforme à sa volonté de pureté et de durée, et s'y réduisit. Mais les années, d'autre part, accomplissaient dans son âme le même éclaircissement que ses volontés d'artiste avaient si heureusement subi. Le même automne venu, simplifiant, attristant et dorant l'art et le cœur de ce poète, amères, nettes et nobles, naquirent les *Stances*, poésies dont l'essence est d'être *suprêmes*. »

En somme, le mérite des *Stances* est, aujourd'hui, universellement reconnu. Moréas compte des admirateurs dans les milieux littéraires les plus opposés. Je ne lui sais guère d'adversaires irréductibles que parmi les incompétents ou ceux qui, ayant pris position de contempteurs de la tradition, ne pourraient admettre sa leçon sans nuire à la leur ni s'infliger un démenti, mais quand M. Gustave Kahn, par exemple, promoteur du vers libre intégral, dit de la poésie des *Stances* que « pour être partielle et trop exclusivement plastique, elle reste une sonore manifestation d'art », il montre par ce blâme mitigé ou, pour mieux dire, déguisé sous l'apprêt savant des mots, que s'il en réprouve les tendances, il est d'esprit trop clairvoyant, et trop expert en la matière, pour en méconnaître l'importance.

# V

## L'INFLUENCE DES *STANCES*

M. François Porché a vu, en 1926, aborder dans le port du Pirée, un croiseur de la flotte hellénique, nommé : *Jean Moréas.*

« Voilà, dit-il, ce que vingt ans auparavant le gérant du *Vachette* ne prévoyait pas... Moréas, lui-même, eût-il cru cela possible ? Sa religion de la gloire ne le portait peut-être pas à ambitionner un honneur de cette sorte, mais le fait n'en est pas moins significatif. »

Ce n'est donc pas en Grèce qu'est méconnu le génie de Moréas. Il ne saurait l'être davantage en France, puisque ses œuvres nous appartiennent et qu'il est mort naturalisé Français.

D'ailleurs, l'une des rues de Paris, en attendant que s'y élève sa statue, porte déjà son nom. On n'y discute plus, tout au moins dans les milieux qualifiés, la valeur des *Stances*. Leur influence fut telle que, sur ses derniers jours, Moréas pouvait dire :

— J'ai le plaisir de constater que tout le monde revient au classique et à l'antique [1].

1. Cf. : Ch. Vellay et Georges Le Cardonnel : *Enquête sur la littérature contemporaine*, parue en 1905 (Mercure de France).

En est-il de même aujourd'hui ? Certes, à première vue, la réponse apparaît malaisée, tant nous sommes assourdis, en art, du bruit des manifestes discordants. Ne dirait-on pas que les poètes des *Annales* et ceux de *Littérature* [1], appartiennent à des planètes différentes ? Et ce ne sont pas toujours les meilleurs qui crient le plus fort.

Heureusement les curieux ont pour se renseigner des documents probants. On aime assez, chez nous, ce genre d'enquêtes. Il en a paru pas mal depuis celle de Jules Huret, qui, en 1890, enregistrait le triomphe du symbolisme, jusqu'à celle de MM. Müller et Gaston Picard, publiée en 1913, et qui est bien près d'en enregistrer la fin.

Si l'on rapproche les deux enquêtes, on reste saisi de la rapide évolution des esprits. Impossible d'imaginer changement plus radical. Cent écoles ont pris jour dans l'intervalle, d'ailleurs toutes éphémères. Mais si vous déblayez le terrain du fatras parasite, vous constaterez que tout se ramène en fin de compte à deux grands courants, plus ou moins inconciliables.

Au temps d'Huret, le conflit se jouait entre l'idéalisme et le matérialisme. Les symbolistes s'étaient juré d'avoir la peau d'Émile Zola.

En 1913, le conflit se joue entre le romantisme, dont le symbolisme n'est qu'une variété, et un besoin de réaction classique. J'ouvre le livre de MM. Müller et Picard et j'y lis : « Tandis que les uns, comme

1. Petite revue mensuelle, qui parut de 1919 à 1920, et où collaboraient : Louis Aragon, André Breton, Blaise Cendrars, Drieu de la Rochelle, Max Jacob, Paul Morand, Raymond Radiguet, Philippe Soupault, Tristan Tzara...

M. Henry Bataille, demandent qu'on en finisse, une bonne fois pour toutes, avec « cette plaisanterie de renaissance classique », d'autres, comme M. Gauthier-Villars, ne discernent de courant littéraire actuel important que celui que représentent les poètes romans artisans de cette renaissance. »

Je crains bien que l'opposition d'Henry Bataille ne provienne d'une erreur d'interprétation. Nous n'arriverons jamais à nous mettre d'accord sur les mots. Le mot « classique » sonne mal à ses oreilles. Mais, quand Henry Bataille s'avoue, au cours de l'*interview*, constamment préoccupé « d'un point de vue idéaliste et moral », il prouve que nous sommes d'accord sur la chose. Même remarque pour Rémy de Gourmont, autre détracteur de la formule romane, mais qui, comparant le *Songe d'Athalie* et le *Vampire*, sait reconnaître, pourtant, par où Racine l'emporte sur Baudelaire en vertu d'écrivain.

Rémy de Gourmont se mérite ainsi le titre de « classique malgré lui » qu'il a reçu, jadis, quelque part. C'est un travers fréquent chez nos contemporains de donner au mot « classique » un sens péjoratif. Or qu'est-ce exactement qu'un « classique » ?

Royer-Collard, quand on l'interrogeait là-dessus, répondait invariablement : « Un écrivain classique est celui qui a fait ses classes, au rebours des autres qui ont besoin de les faire. » Gœthe disait : « J'appelle classique ce qui est sain. » Et Sainte-Beuve appelait classique « un écrivain contemporain de tous les âges », c'est-à-dire plus préoccupé de vérités générales que de vérités particulières. Pour Maurice Barrès, nous l'avons vu tout à l'heure, le « classicisme » est le signe de l'écrivain honnête homme, amant du seul vrai, de ce type supérieur d'humanité que les Grecs appelaient « καλος καὶ αγαθος ».

Pour Moréas, c'était « la mesure dans la Force ».

Pourtant, le poète aurait, à ses derniers moments, déclaré à Maurice Barrès qui nous l'a rapporté :

— « Il n'y a pas de classiques et de romantiques. Tout cela c'est des bêtises ! »

Je ne mets pas en doute la parole de Barrès. Je ne puis néanmoins m'empêcher de faire observer que le dernier recueil de Moréas : *Variations sur la vie et les livres*, dont il achevait de corriger les épreuves quand le mal l'a terrassé, respire toujours la même foi classique et ne laisse rien présager d'un fléchissement possible.

C'est dans ce recueil qu'il dit, à propos de Mme de La Fayette :

« *Gautier et ses émules emploient, pour décrire, toutes sortes de moyens extra-littéraires. Ils barbouillent brillamment, et il n'y a rien d'honnête dans leur peinture. Simplement, brièvement, Mme de La Fayette fait parler ses portraits aux yeux comme à l'esprit, et voilà ses décors bien en place. C'est la manière de Racine :*

*Vous que mon bras vengeait dans Lesbos enflammée.*

*dit Achille à Agamemnon, et ce seul vers évoque plus que tout le fatras carnavalesque des romantiques.*

A quoi bon multiplier les citations ? Je n'ai entendu démontrer qu'une chose : à savoir que Moréas, en corrigeant les épreuves de son livre, n'y a rien modifié et n'a pas jugé à propos de nous instruire, ne fût-ce que par une note, un simple renvoi, qu'il avait cessé de faire sienne l'opinion de Platon, dont il se servait comme d'une pierre de touche pour éprouver la vertu des écrivains.

C'est ainsi qu'il avait été amené à se déprendre de Shakespeare, dont sa jeunesse avait reçu l'éblouissement. Or, si, par son manque de mesure, le plus génial des poètes était devenu, pour Moréas, un mauvais écrivain, quel est l'autre qu'il aurait pu supporter ? Et, pour répondre à la fausse conception d'originalité qu'on se faisait autour de lui, il disait :

— *Le trait principal du génie, ce n'est pas d'être neuf... Le grand art demande autre chose que l'imprévu. L'art ne veut donner ses peines qu'à une matière qui les vaille. Il la lui faut durable, éprouvée, ancienne par conséquent. Un grand poète touche à la foule par les matériaux qu'il emprunte, et s'en écarte par la qualité de son travail et de son inspiration.*

Évidemment, le mot de Moréas pourrait s'expliquer par son état précaire. On pourrait le considérer comme une réplique du verset de l'Ecclésiaste : « Vanité des Vanités. Tout n'est que vanité. » A l'heure où l'âme se dégage de ses liens charnels pour se perdre dans l'éternité, le monde ni ses agitations ne comptent plus guère à ses yeux. A mesure qu'on s'élève, les plus orgueilleux des chênes rentrent au niveau de l'herbe. La différence n'apparaît plus, ce qui ne signifie pas qu'elle ait cessé d'exister.

Mais, après avoir tenu son propos à Barrès, Moréas aurait ajouté : « Je regrette d'être trop malade pour t'expliquer... »

C'est donc qu'il jugeait une explication, autrement dire, une « correction » nécessaire et qu'il estimait que son trop bref aphorisme risquait de trahir sa pensée. Et c'est pourquoi je comprends mal l'émoi jeté par la révélation de Barrès chez les romanisants.

Moréas voulait dire qu'il n'y a pas de barrière infranchissable élevée entre les classiques et les romantiques, et qu'il s'est toujours fait entre eux des échanges constants. La seule chose qui puisse aider à les reconnaître et à les démarquer, c'est le goût.

« *Le génie enfante,* disait Chateaubriand, *le goût conserve. Le goût est le bon sens du génie. Sans le goût, le génie n'est qu'une sublime folie.* »

Et voilà la question placée sur son véritable terrain.

Maurice Barrès soutenait « qu'un sentiment dit romantique, mené à un degré supérieur, prend un caractère classique »[1]. Et c'est la concession qu'entendait lui faire Moréas. Ce dernier, au fort de la bataille, avait pu se montrer injuste pour certains de ses adversaires. N'avait-il déjà ,sans rien abdiquer de ses préférences, rendu hommage à Henri de Régnier, en le choisissant pour exécuteur testamentaire ? C'est qu'il avait reconnu que la fleur du laurier rose brille aussi chez lui et qu'en dépit de toutes les divergences de facture, la qualité de l'inspiration demeure.

Il ne faut pas se disputer avec des mots plus ou moins vacillants. Le vrai caractère d'une œuvre classique c'est la perfection. « Il est vrai, consentait Moréas, qu'elle exclut souvent plus d'un agrément, et qu'avec

1. C'est évidemment ce que voulaient signifier MM. Paul Fort et Louis Mandin en parlant de la combinaison romantico-classique des *Stances*. « Leur caractère, disent-ils, c'est un pessimisme hautain repris d'illustres romantiques, tels que Chateaubriand et Vigny, mais uni à une fière résignation qui le maintient dans l'ordre et la morale classiques ».

moins de régularité qu'au XVII^e siècle, sous les Valois, les Muses passionnèrent davantage. » Il se laissait aller à cet aveu :

*« O Misère ! savez-vous que je me surprends parfois à prétendre que nos romantiques n'avaient point assez de style, mais que Racine en avait trop »* [1].

Il reprochait à Hugo ses « excès d'audace » et à Lamartine « cette faiblesse où il tombe tout à coup », mais il admirait sans réserves les *Paroles sur la Dune* de l'un et les *Recueillements* de l'autre.

Ce dont il s'effrayait en tout, c'était l'excès :

*Car le vrai juste point est un jeu de balance.*

D'un côté, vice de langage, impropriété ou vague des termes et autres folies. A l'opposé, la platitude.

Voilà les défauts contre lesquels Moréas voulait nous mettre en garde.

Au surplus, M. Charles Maurras me paraît avoir définitivement clos le débat, en disant :

« Il n'y a pas deux arts, il n'y a pas deux rythmes. Il n'y a pas un demi-chœur de poètes bénis se rattachant au type classique, et un demi-chœur de poètes maudits se rattachant au type romantique. Il y a l'erreur esthétique du romantisme, liberté du poète, asservissement du poème, dont les écrivains du XVIII^e et du XIX^e siècle, ont tous souffert, et dont ils se sont affranchis dans des mesures très inégales, à proportion de leur génie et de leur bonheur. »

1. Lettre de Moréas, reproduite en *fac-similé* dans le *Manuscrit autographe* que dirige M. Jean Royère (mai-juin 1927).

— « Mais, nous objectent certains, notre sensibilité s'est singulièrement compliquée au cours des âges. Les mœurs ont changé. Nos idées ont pris un autre cours. Nous n'avons plus ce qu'il faut pour goûter votre fossile idéal académique. Quoi ? après tant de révolutions qui nous ont vieillis de plusieurs siècles en quelques jours, on nous refuserait une littérature conforme à nos humeurs, une poésie qui soit le reflet de notre inquiétude et de nos agitations ? Au lieu de laisser notre génie se déployer librement, il nous faudra le comprimer et le laisser vieillir dans ses langes, le ligoter de chinoiseries grammaticales et de ce que vous appelez les règles du goût ? Mais Racine lui-même, s'il revenait à la lumière, approuverait notre révolution et coifferait le bonnet rouge. Nous sommes romantiques, parce que le romantisme, comme l'a dit Baudelaire, « c'est l'homme moderne ».

Je retiens ce nom de Baudelaire qui sera mon meilleur argument. Baudelaire s'est employé à rendre les inquiétudes et les agitations de sa génération sans renier pour cela les classiques. Baudelaire a révolutionné la poésie tout en respectant la prosodie. Il a prouvé qu'il était possible de créer une langue nouvelle sans démolir la grammaire ni la syntaxe. Pour atteindre à son but il lui a suffi de suivre le conseil d'André Chénier :

*Sur des pensers nouveaux faisons des vers antiques.*

Voilà en somme à quoi se réduit l'enseignement de Moréas. L'école romane n'a jamais entendu lier l'inspiration des poètes ni les condamner à pasticher les anciens. Elle entend seulement faire bénéficier leurs essais du fruit de l'expérience. On lui a reproché son idéal étroit. Il n'en est pas au contraire de plus vaste et de plus humain puisqu'il accueille toutes les aspirations modernes pour les fondre harmonieusement dans l'acquis du passé. Elle proteste seulement contre la fausse conception que nos modernes se font de l'originalité. Et je crois bien que l'idée romane a fait son chemin si je m'en rapporte aux conclusions de l'enquête de MM. Müller et Picard. J'y vois, en effet, qu'en dépit de leur apparente diversité, les opinions recueillies trahissent deux aspirations dominantes, savoir :

1° *Un désir de synthèse, c'est-à-dire de concilier les apports du classicisme et du romantisme* ;

2° *La volonté très nette de donner à cette synthèse une forme néo-classique.*

Cette enquête date de 1913. Rien n'est venu, depuis, en infirmer les conclusions. Bien au contraire, je vois beaucoup de réfractaires militants fléchir et s'assagir sous l'effet de l'âge. Je vois M. Jules Romains, chef des *Unanimistes*, effrayé des excès du cubisme littéraire, qu'il appelle la « culture de l'incohérence », réclamer une forte discipline. Je vois M. Paul Valéry, chef du néo-mallarmisme, s'en tenir à la technique de Malherbe. Je vois M. Fernand Divoire, chef d'une section de néo-mystiques, longtemps hésitant dans sa voie, se décider enfin résolument pour le mythe classique d'*Orphée*. Je vois, un peu partout, au théâtre, des essais de reconstitution de tragédie antique. [1] Je

1. A signaler notamment ceux de M. Alfred Mortier, autre transfuge du Symbolisme, l'excellent poète de la *Vaine Aventure* et du *Temple sans Idoles*, et dont les tragédies : *Marius vaincu*, *Sylla* et *Penthésilée* témoignent d'une haute culture et de sérieuses qualités.

vois des écrivains, comme MM. Abel Hermant et André Thérive, épris de « purisme », nous rappeler au respect de la langue.

Et, en 1920, un événement digne d'attention s'est produit. Je veux parler du manifeste de la *Minerve française*[1], la revue créée par l'éminent poète-éditeur Garnier, manifeste signé par quarante poètes demeurés fidèles au culte et à la mémoire de Jean Moréas.

Or, un groupe de poètes où se rencontrent les noms de Paul Alibert, Pierre Camo, Philippe Chabaneix, Jean des Cognets, Charles Derennes, Tristan Derême, André Dumas, P.-A. Garnier, André Lamandé, Maurice Levaillant, Albert Marchon, Amélie Murat, Noël Nouet, Marcel Ormoy, Armand Praviel, Louis Pize, André Thérive, Léon Vérane (j'en passe et des meilleurs) ne saurait être tenu pour négligeable.

D'autre part, des manifestations en faveur du classicisme n'ont cessé, depuis, de se multiplier de tous côtés. En 1922, Raymond de la Tailhède, dans la revue *Phœbus*, dont il avait la direction, patronnait les poètes Henry Charpentier, Michel Dumesnil de Grammont, Charles-Théophile Féret, Fernand Fleuret, Édouard Guerber, André Mary et Vincent Muselli, comme acquis à la doctrine de Moréas.

En 1923, M. Charles Courmont créait un comptoir d'éditions à l'enseigne du *Taureau couronné*, portant pour devise : « Mon chant recrée Jupiter » et l'inaugurait avec un recueil d'*Odes pindariques* de M. Noël de la Houssaye, « gentilhomme blésois ». En tête de ce

1. Devenue, depuis, la *Muse française* et que continue à diriger excellemment l'érudit Maurice Allem.

recueil figuraient une ballade du poète Henri Courmont, célébrant :

*Ce Moréas athénien*
*Qui fit sonner la lyre en France.*

et un quatrain d'un poète parisien romanisant, M. Georges Hain, mais j'aurais fort à faire s'il me fallait enregistrer, par le menu, toutes les manifestations de cette nature.

C'est donc que nous n'en avons pas encore fini avec « cette plaisanterie de renaissance classique ».

Et comment ne serions-nous pas reconnaissants à Moréas d'avoir proclamé la supériorité de notre langue?

— *La langue française*, disait-il, *n'a pas de rivale. Elle n'a que des ennemis. Supprimez-la, notre époque ne se distingue plus de la barbarie.*

Et, plus tard, revenant sur cette opinion, il la complétait ainsi :

— *Le français est la seule langue moderne qui mérite le nom de langue. Les autres sont des jargons fixés trop tôt par l'imprimerie. Il suffit à la langue française de rester elle-même pour conserver le premier rang.*

Cette supériorité, il l'a mise en évidence, non seulement par ses vers, mais par sa prose. Après avoir sacrifié au faux goût dans deux romans, écrits en collaboration avec Paul Adam : le *Thé chez Miranda* et les *Demoiselles Goubert*, il s'étudia, après sa conversion romane, à atteindre, en prose, à cette « simplicité acquise » qui est l'apanage des maîtres. [1]

1. Lire à ce sujet la magistrale préface de M. André Thérive aux morceaux choisis de l'*Œuvre en prose* de Moréas parus à la librairie Valois (Paris, 1927).

Ses *Variations sur la vie et les livres* et ses *Réflexions sur quelques poètes* constituent la meilleure illustration des vertus de sa méthode, surtout si on les compare aux deux ouvrages précités. La même verve assagie se retrouve dans *Esquisses et souvenirs*, où Moréas consent à noter ses impressions de flâneur et de touriste. On y voit de quel trait sobre et net il dessine ses paysages et combien, allégés de toute surcharge inutile, de tout cabotinage d'expression, ses tableaux acquièrent de vie et d'expression.

Il dira, par exemple :

— *Une vision de blancheur diffuse, une tranquillité allègre, un faste décent, un pittoresque plein de réserve — voilà Cannes.*

Ou bien :

— *Menton est sauvage et fort apprêté, solitaire et plein de calme.*

Ou encore :

— *Nice a l'inconvénient d'être une vraie ville, mais c'est une fort belle ville, éclatante et enjouée.*

Puissent nos modernes, amateurs de faux pittoresque, qui poursuivent, en vain, l'effet à coups d'empâtements, puiser là une leçon de goût ! Mais tous n'ont pas le privilège d'être nés, comme Moréas, sur cette terre de l'Attique « d'une beauté si divine qu'elle se sert à peine de nos yeux mortels pour toucher jusqu'au fond de l'âme. »

Moréas disait :

*— Ce n'est qu'aux gens du Nord, nés sous un ciel inhumain, qu'il est permis d'extravaguer.*

Ainsi sa leçon pourra se poursuivre, à moins que... (et c'est une éventualité que Moréas, lui-même, redoutait) à moins que la civilisation européenne ne soit submergée par un flot de barbarie, et que la langue française, cessant de « rester elle-même », se laisse suffisamment adultérer pour ne plus correspondre à l'esprit de la race.

# INDEX ALPHABÉTIQUE DE TOUS LES NOMS CITÉS,
## établi par G. LAVOCAT

Les chiffres suivis d'une *n* indiquent que le nom figure au bas de la page, en note. — Les chiffres marqués d'un astérisque indiquent que le nom n'est désigné que par son titre ou par allusion. — Les titres en italique (autres que les périodiques ou les écrits anonymes) sont les ouvrages cités de Jean Moréas.

---

## A

## B

## C

## D

## E

## H

## I



## J



## K



## L

## M

## Q



## R

## S

## Z

# TABLE DES MATIÈRES

ACHEVÉ D'IMPRIMER
LE 9 DÉCEMPRE 1929
PAR F. PAILLART, A
ABBEVILLE (SOMME)

www.ingramcontent.com/pod-product-compliance
Ingram Content Group UK Ltd.
Pitfield, Milton Keynes, MK11 3LW, UK
UKHW031857260826
14628UKWH00002B/834

9 782329 176949